蜜命係長と
島のオンナたち

霧原一輝

双葉文庫

目次

蜜命係長と島のオンナたち

第一章　会長秘書との一夜

1

寺脇富士夫《てらわきふじお》は定時で仕事を終えて、熊島《くまじま》建設総務部を出た。

もう終業時間だというのに、他の連中はいまだ忙しく立ち働いている。

（なのに、自分は……くそっ……！　なんでこうなっちまったんだ！）

苛立《いらだ》ちを覚えながらも、足早に玄関に向かう。

制服を着た受付嬢が二人座っているが、目もくれない。かつて、富士夫が営業部で活躍していたときは、取って置きの笑みを向けてくれたのに……。

富士夫は現在四十五歳だから、定年までにはまだ十五年もある。

（その間、何をすればいいんだ……）

会社を出て、歩道を地下鉄の駅に向かって歩いていると、

「寺脇さん！」

自分を呼ぶ女の声とともに、コツコツとコンクリートを叩くハイヒールの音が急速に近づいてきた。

ハッとして振り返ると、口許に艶《なま》めかしい笑みをたたえた、すらりとした背格好の女が富士夫の一メートル前で足を止めた。かるくウエーブした髪が高級ブランド品のスーツの肩に散り、ブラウスを持ちあげた大きな胸が弾《はず》んでいる。

葉山紗江子《はやまさえこ》――我が社の創始者であり、現在は会長を務めている熊島総一郎《そういちろう》の秘書である。凛《りん》とした美人で、頭も切れる。確か、三十五歳のはずだ。

（会長秘書が俺なんかに何の用だ。また何かやらかしたのか……）

富士夫が不安に駆られたそのとき、紗江子がまさかのことを言った。

「これから、デートしましょうか？」

「はっ……？」

「デートよ」

「……俺と、ですか？」

「そうよ。ここにはあなた以外いないでしょ」

紗江子は周囲を見まわして、走ってきたタクシーの空車に向かって手をあげた。タクシーが停まり、富士夫は後部座席に押し込まれ、紗江子が隣に身体をすべり込ませてくる。

　その瞬間、甘い香水がふわりと匂い、スリットの入ったタイトスカートから、すらりとしているが太腿《ふともも》はむっちりとしている美脚が、かなり際どいところまで見えた。

「運転手さん、Ｍホテルまでお願いね」

　紗江子が落ち着いた口調で言い、

「了解しました。Ｍホテルでございますね」

　中年ドライバーが、ルームミラー越しにちらりと二人を見て、車をスタートさせる。運転手も、凜とした美女と冴《さ》えない風体《ふうてい》の中年男の組み合わせに、興味をひかれたようだ。

　その気持ちはよくわかる。だが、今は運転手の目を気にしているどころではない。

「あの……Ｍホテルで、うちの催し物とか、会議とかあるんですか？」

「ないわよ。言ったでしょ、デートだって……あなた、ちゃんと人の言うこと聞いているの？」

紗江子が細い眉《まゆ》を吊《つ》りあげて、富士夫を見た。

一瞬、そのきりっとしているが、華やかでもある美貌に見とれたが、

「……でも、熊島建設の会長秘書が、俺のような一介《いっかい》の係長とデートとは……」

にわかには信じられませんよ、と言おうとしたとき、紗江子が唇の前に人差し指を立てて、富士夫の視線を誘導するように、前の運転手を見た。

喋りすぎるな、運転手に余計なことを洩《も》らすな、ということだろう。

うなずいて、富士夫は押し黙る。

一応、前を向いたのだが、どうしても紗江子が気になって、ちらちらと盗み見る。

左隣で足を組み、前を向いて座っている。リアシート用のシートベルトがスーツを持ちあげた胸に斜めにかかり、そのたわわさが強調されている。

すらりとした美脚が組まれ、タイトスカートのサイドに入ったスリットから、大理石の円柱みたいな太腿がほぼ付け根までのぞいていた。

(そうか、会長はいつもこの美脚を眺めているのか……やはり、男は偉くならないとダメだな)

富士夫は自分に立ち返って、絶望的な気分になる。

（いいときだって、あったのだ。しかし、俺は……）

熊島建設に入社して、営業一筋にやってきた。

地道な努力が実を結んだのか、四十路《よそじ》に入った頃は絶好調で、一時は営業のエースとまで言われた。しかし、自分に浮かれていたのがよくなかったのだ。

担当する物件である、決まりかけていた大型マンション建設の契約を、たてつづけに二件、他社に持っていかれた。油断していたつもりはないが、今考えると、詰めが甘かった。最終的な確認を怠っていたのだ。

それ以降、こいつは使えないというレッテルを貼られ、次の人事異動で、総務部に飛ばされた。

一応、係長という肩書はついているものの、やることはほとんどない。

部下たちは、仕事を知らない係長では信頼できないと見たのか、今は富士夫を飛ばして、課長と直で仕事をするようになったので、ますます肩身が狭い。

私生活でも、三十二歳で結婚した妻と、三年前に別れていた。

元妻は、総務部に異動して、まるで覇気のない生活を送っていた富士夫に、愛想を尽かしたのだ。今振り返ってみると、二人に子供ができなかったのが、ある意味救いだった。仕事でも私生活でも、まさに、天国から地獄だった。

（そんな俺を、我が社のナンバーワン秘書が何でデートに誘うんだ？）

しかも、Mホテルと言えば、高級ホテルとして有名だ。

ホテル内のレストランだって、目玉が飛び出るほどに高いはずである。

それに、富士夫は高校時代にはラグビーのフォワードをやっていたほどのがっちりした体形で、顎《あご》のエラが張った将棋の駒のような容貌をしており、会長秘書が血迷うほどのイケメンではない。

（わからん……）

富士夫が頭をひねっている間に、タクシーはMホテルに到着した。

まさか、ホテルの部屋までは行かないだろう、と勝手に決め込んでいたので、紗江子がフロントで部屋のカードキーを受け取り、

「行きましょ」

と、先に立って、エレベーターホールに向かったのには、仰天した。

「へ、部屋に行くんですか？」

「そう。ホテルなんだから、当然よ」

紗江子が突慳貪《つっけんどん》に言って、エレベーターのボタンを押した。

「デートだとおっしゃったので、ホテルのレストランかと……」

年齢的には富士夫のほうがひと回り上だが、立場上、つい敬語を使ってしまう。

「誰があなたと食事なんか……」

紗江子がツンと顎を持ちあげた。

美人だから、何をされてもすべて許そうと思っていた。しかし、さすがにこの言動には傷ついて、拗《す》ねた。

「……じゃあ、そんな相手をなぜ部屋に？」

「なぜかしらね？　部屋に行けば、わかるわ。乗って！」

到着したエレベーターのドアが開いて、富士夫はなかに押し込まれる。

紗江子が、爪に透明なマニキュアを施した光る指で二十五階のボタンを押し、二人を乗せたエレベーターは高速で昇りはじめる。

2

部屋に入るなり、紗江子は、何も言わずにいきなりスーツに手をかけて、脱ぎはじめた――。

富士夫が戸惑っていると、

「何してるの、あなたも脱ぎなさいよ。早く！」

紗江子はそう命じつつ、スーツの上着を脱いで、腕を抜く。

「はあ、しかし……どうして俺なんかを？」

いまだに疑問は解決していない。状況がつかめないと、勃《た》つものも勃たない。

紗江子は脱いだスーツをクローゼットのハンガーにかけ終えて、

「ごちゃごちゃ言わなくていいの。あなた、わたしを抱きたくないの？」

富士夫を振り返る。柔らかなウエーブヘアのふわっとかかる美貌の、アーモンド形の目が艶めかしく光っている。

「そんな……あなたを抱きたくない男なんて、この世にいませんよ」

お世辞ではない。本心だった。

「だったら、つべこべ言わないで、わたしの気持ちが変わらないうちに」

「よろしいんですか？」

「いいから、言っているのよ」

紗江子はブラウスのボタンを上からひとつ、またひとつと外していく。

社員の誰もが、紗江子を狙っている。しかし、紗江子が誰かとデートをしたというような浮いた話は一切聞こえてこない。会長付きの秘書だから、みんな、会長が怖くて、誘えないのだ。

（なるほど、高嶺《たかね》の花すぎて、誰も手を出せないから、案外、満たされていないんじゃないか？　だから、こうやって、地味で目立たない俺を誘ったんじゃないか……）

この状況をいいように解釈したとき、紗江子がブラウスを肩から脱いだ。

黒一色の刺しゅう付きブラジャーが、形のいい胸を押しあげ、ブラカップにおさまりきらないナマ乳がはみ出している。

横から見た乳房の尋常でない突き出し方に、度肝《どぎも》を抜かれた。

「早くなさいよ。男と女が寝るのに、いちいち理由なんかいらないでしょ。違う？」

「まあ、それは……」

富士夫はスーツの上着に手をかける。

（男と女が寝るのに、理由をつけるほうが野暮というものだ。何が起こっているのかわからないが、会長秘書を抱けるなんて、奇跡に等しいのだから）

富士夫も心を決めて、スーツを脱ぐ。

焦りすぎで、脱ぎかけたズボンに足が引っかかって、オットットとケンケンをする。転びかけたのをベッドに手を突いて支え、ズボンを足先から抜き取り、ワイシャツを剝《は》ぎ取った。

その間に、紗江子はタイトスカートをおろし、ナチュラルカラーのパンティストッキングを脱いでいく。

後ろ向きで前屈みになったので、尻が見えた。

黒のハイレグパンティが発達したヒップを二等辺三角形に覆《おお》い、ぷりっとした丸い尻たぶが銀杏《いちょう》の葉のような形で、こちらに向かって突き出される。

(尻も大きい……！)

この尻がいつもタイトスカートのなかで、揺れていたのだ。

紗江子が微笑《ほほえ》みながら、ランジェリー姿で近づいてきた。

黒い刺しゅう付きブラジャーがたわわな乳房を支え、これも刺しゅう付きのハイレグパンティがすらりとした美脚をいっそう長く見せている。

これほどにスタイル抜群な女性の相手をするのは、初めてだ。

圧倒されて、富士夫の腰がストンとベッドに落ちた。

紗江子が覆いかぶさってきた。

後ろに倒れた富士夫の顔の両脇に手を突き、四《よ》つん這《ば》いの姿勢で、枝垂《しだ》れ落ちるウエーブヘアをかきあげて、一方に寄せ、富士夫を艶めかしく見る。

瞬《まばた》きもせず、目尻のスッと切れた目を向けたまま、片方の手で富士夫の頬《ほお》をさすり、それから、キスを顔の側面に浴びせてくる。

富士夫のなかで、小爆発が起きた。

営業マンとしての最盛期には、当たるを幸いに、女を薙《な》ぎ倒すように抱いたものだ。しかし、紗江子は別格だ。

紗江子のキスが首すじをさがっていき、胸板に到達した。

小豆色《あずきいろ》の乳首を舌でちろちろとあやしながら、胸板を手でなぞってくる。

垂れさがった髪の毛先が柔らかく、絶妙なタッチで胸板をくすぐってくる。そこに、乳首を舐《な》められる快感が加わって、

「くっ……おっ……」

と、富士夫は呻《うめ》く。

紗江子はまた髪をかきあげて、下からじっと上目づかいに見あげた。

獲物を狙うような目力の強い瞳に、富士夫は射すくめられる。

紗江子は目を伏せて、乳首を舐めたり、吸ったりする。

ぞわぞわっとした戦慄《せんりつ》が流れ、富士夫は「くっ」と呻く。全身が粟立《あわだ》つのがわ

くる。

それに気づいたのか、しなやかな手がブリーフに伸びて、ふくらみをさすってかる。

股間のものが、ぐんとブリーフを持ちあげてきた。

「くうぅぅ……！」

あまりの気持ち良さに、足をピーンと伸ばしていた。

乳首を舐めながら、手で男の股間を触るのは、女の愛撫の常套《じょうとう》手段ではある。

しかし、紗江子がすると、昂奮度がまったく違うのだ。

それに……総務部に移ってから、ぱったりと女運が途絶えていたから、女を抱くのはかれこれ四年ぶりだった。

四十五歳のいい歳の男が、セックスを四年間していないというのは、かなり寂しい。だが、これが現実だった。

透明なマニキュアの光るほっそりした指で、ブリーフ越しにイチモツをなぞられると、身震いしたくなるような快感が生じて、

「おおぅ、くうぅ……！」

と、下腹部を持ちあげていた。

「すごいわね。童貞くんみたい。でも、そんなはずはないわよね。女は何人くらい知っているの？」

紗江子がそそりたつ勃起《ぼっき》の裏側を撫《な》でながら、上から見つめてくる。

「……言わなきゃいけませんか？」

「聞きたいわ」

「……かれこれ、十五人ですか」

見栄を張った。

実際は、せいぜい七、八人というところだろうか。

「そう……まあ、そのくらいなら……」

紗江子が合点《がてん》したように、ひとりでうなずいた。

（どういうことだ？　経験人数が何か関係あるのか？）

そう考えている間も、紗江子はキスをおろしていき、ブリーフをつかんで、脱がせた。

撥《は》ねるように飛びだしてきたイチモツは、ひさしぶりのセックスということもあるのか、臍《へそ》を叩かんばかりにそそりたっている。

「ふふっ……なかなかのモノをお持ちのようね。これなら……」

紗江子が謎めいたことを呟《つぶや》いて、頬張《ほおば》ってきた。

「くうぅ……！」

うねりあがる快感に、富士夫は唸る。

柔らかくてぷにっとした唇が、いきりたちにからみつきながら、ゆっくりと上下に動く。

しかも、紗江子は横から咥《くわ》え込んでいるので、黒いランジェリー姿のボディをたっぷりと観賞できるのだ。

垂れ落ちた黒髪がさわさわと鼠蹊部《そけいぶ》をくすぐってくる。

黒いブラジャーに包まれた胸の突出したふくらみ、弓なりにしなった背中とくびれたウエスト、持ちあがったヒップの急激にひろがっていく曲線……。

(俺は夢を見ているのか？)

しなやかな指が根元を強く擦《こす》りあげ、赤いルージュのぬめる唇が亀頭冠《きとうかん》を中心にねっとりとからみついてくる。

四年ぶりのフェラチオにたちまち追い込まれた。

「くっ……ダメだ。出てしまう！」

思わず言うと、紗江子は肉棹《にくざお》を吐き出して、みずからブラジャーを外し、ハイレグパンティを脱いだ。

まろびでてきた乳房のたわわさに目を見張った。

直線的な上の斜面を下側の充実したふくらみが押しあげて、薄桃色の乳首が誇らしげにツンと上を向いている。

そして、下腹の翳《かげ》りは長方形に手入れされているものの、びっしりと密度があって、黒いビロードのように艶《つや》があった。

一糸まとわぬ姿になった紗江子が、じっと富士夫を見て、言った。

「ねえ、わたしを感じさせて。イカせて……」

男にすがるような表情が、富士夫をその気にさせる。

富士夫はくるりと体勢を入れ替えて、上になり、紗江子を組み伏した。

下になった紗江子の乱れ髪や、この体勢になっても微塵《みじん》のたるみも見せない乳房を目にすると、ひどく昂奮してしまい、有無を言わせず、胸のふくらみに貪《むさぼ》りついていた。

荒々しく乳房を揉《も》みしだき、乳首にしゃぶりつく。

チュー、チューと吸って、吐き出し、唾液でべとべとになるまで舐めしゃぶった。

「あん、乱暴ね……」

紗江子が言う。

しかし、性欲に火の点《つ》いた富士夫は、その言葉を警告とは受け取らない。手のひらに余る乳房を形が変わるまで揉みしだき、硬くしこってきた乳首を吸い、吐き出す。唾液でぬめる乳首を指に挟んで、強めに転がすものの、どうも紗江子の反応が鈍い。

（おかしい、こんなはずはないのだが……）

ひさしぶりの女体で、しかも、相手は会長秘書という夢のような事態に直面して、どうも調子が出ないためなのか――。

（そうか、紗江子さんが感じてくれないのは、股間を攻めていないからだな）

そう考えて、右足を紗江子の太腿の間に入れ込んで、膝《ひざ》のあたりでぐいぐいと湿地帯を擦りあげた。そのとき、

「へんね。話と違うわ」

紗江子が妙に冷静に言い、富士夫を突き放した。

「あなた、本気出してる？」

首をかしげて、富士夫を見た。

「えっ……いや、それはまあ……」

富士夫が煮え切らない態度を取るうちに、紗江子はベッドを離れ、備えつけのバスローブをはおって、ベッドの端に腰をおろした。

3

「あなた、前に、秘書課の小林菜月《こばやしなつき》と寝たわよね？」

ベッドに正座した富士夫を、紗江子が見た。

「えっ、いや……」

「いいのよ、隠さなくても……本人に聞いているから」

紗江子が足を組んだ。

じつは、五年ほど前に、当時はまだ入社して間もない小林菜月を数度、抱いたことがある。

その頃は富士夫が営業マンとしてばりばり活躍していて、比較的、女にもてた。しかも、菜月は同じ部署にいたから、華々しく活躍する富士夫をリスペクトしてくれていたのだろう。

残業していた菜月に声をかけて、居酒屋に誘った。

それで二人は親しくなり、何回かのデートのあとで、抱かれたそうな菜月をホテルに誘った。

不倫だったが、富士夫はかわいい部下のＯＬがその気になっているのを、黙って見ていられるほどの聖人君子ではない。

菜月のぴちぴちした肉体を二度抱いた。その後、社内不倫が公《おおやけ》になるのを恐れて、合意の上で別れた。

今思えば、まさにそのときが公私ともに富士夫の最盛期だった。

菜月は現在、可憐な容姿と人当たりのよさを買われて、秘書課に配属され、秘書補佐をしている。紗江子の部下のようなものだから、当時の二人の関係が伝わったのだろう。

「小林が、話してくれたのよ。寺脇富士夫のセックスは最高で、生まれて初めてオルガスムスを体験したって……あれはデタラメだったのかしら？」

紗江子が組んでいる膝の上に頬杖《ほおづえ》を突いて、ちらりと富士夫を見た。

「いや、あの頃はまだ仕事もあっちのほうも、絶好調でしたから」

「でも、今はダメだってことね？」

「いや、そういうわけでは……あの、彼女からそれを聞いて、葉山さんは俺とその……セックスしたかったってことですか？」

「違うわよ。失礼ね！」

紗江子が苛立ちをあらわにして、立ちあがった。

「いいわ。いらっしゃい。話してあげるから」

紗江子が窓際の応接セットに腰をおろし、足を組んだ。

富士夫もバスローブをまとい、対面するソファ椅子に腰かける。はだけたバスローブからのぞく白い太腿が気になったが、今は集中すべきときだ。

「今から話すことは、絶対にこれだからね。社秘だと思って」

紗江子が魅惑的《みわくてき》な唇の前に、一直線に伸びた人差し指を立てた。

「はい……もちろん」

「じつは、うちの会長なんだけど……」

紗江子が事情をゆっくりと話しはじめた。

会長の熊島総一郎は現在、八十歳で傘寿《さんじゅ》を迎えたのだが、十五年前、熊島建設は入札での談合疑惑で、未曾有《みぞう》の危機に陥《おちい》った。

当時社長だった総一郎はにっちもさっちも行かなくなり、出張先の新潟県《にいがたけん》佐渡《さど》が島《しま》で絶望的な気分になって、ついふらふらと海に入ってしまったのだと言う。

溺れかけたとき、偶然、現れた若い女性に引き戻され、その後、救急処置を受けて、どうにかして一命を取り留めた。

その後、彼女の家で手厚い看病を受けて、一週間世話になり、見る見る生きる力を取り戻した。

東京に戻った総一郎はあらゆる手段をこうじて、傾きかけた会社を再建し、社長の座を現社長に譲り、自分は会長になり、今の熊島建設がある。

その会長が、老い先短くなって、命の恩人である彼女との再会を切《せつ》に願っているのだと言う。

だが、命の恩人である女性の名前も住所も、何をしているのかもわからないらしいのだ。

「そんなことがあるんですか、一週間も家にいて、名前がわからないなんてことが？」

富士夫は当然の疑問を呈した。

「それが……会長も当然、茫然自失《ぼうぜんじしつ》状態だったわけじゃない。でもって、やっと体調が回復してきた会長が、名前や齢を訊《き》いたら、『アカネ』と呼んでください、歳は二十三です……とは言ったらしいの。でも、フルネームを言わない時点で変でしょう。当時の会長は言われるまんま受け止めてしまったんだけど、どうもそれすら偽名だったようね」

「どうして、偽名を使わなくてはいけなかったんですかね？」

「それは……」

紗江子が声を潜《ひそ》めて言った。

「会長、その彼女とやっちゃったの」

「やっちゃったって……セックスをですか？」

紗江子が静かにうなずいた。

「相手が若い女性で、しかも会長はどこの馬の骨だともわからない上に、入水《じゅすい》をはかった男でしょ。わたしがその彼女でも名前は明かさないわね……でも、別れ際になって会長は自分が熊島建設の社長であることも、会社が危機に瀕《ひん》していることも話したみたいなの。それで、今も彼女から手紙が届いているのよ」

なるほど、富士夫にも事情はつかめてきた。そこで、はたと思った。

「でも、手紙が届くなら、住所はわかるはずですよね」

「それが、住所は書いてなくて、ただ、『アカネ』と記してあるだけなの。手紙の消印が佐渡島の某郵便局だから、アカネさんが今も佐渡島に住んでいることは確かなのよ。でも、そのあたりには、年齢に合致した、アカネという名前の女はやっぱりいないの。そのときにアカネさんが、本人が言ったように二十三歳だとしたら、今は三十八歳で、それより年上だったとしても、せいぜい四十歳ってところでしょ」

「でも、あれですよね。手紙が届くくらいなら、彼女は今も会長のことを思っているってことですよね？」

「その手紙の内容なんだけど……」

紗江子がぐっと身を乗り出してきた。

バスローブの胸元がひろがって、たわわな乳房がのぞく。

「じつは、手紙には、娘が生まれて、順調に育っているって、その成長過程が逐一書いてあるらしいのよ……それで、会長は、その娘は自分の子供じゃないかって、おっしゃるの。あのとき、アカネさんは会長の胤《たね》を宿して、おろさずに産んだんじゃないかって……娘さんが小学校にあがったときの年齢とかが、ぴたりと合致するって。それに、彼女が手紙をくれるのは、じつの父親に自分の娘が順調に育っていることを、せめて知っておいてほしいからじゃないかって……」

にわかに断じることはできないが、アカネさんが会長に手紙を送りつづけているのなら、何か理由はあるはずだ。娘の成長過程を父親に知っておいてほしいというのなら、確かに納得できる。

「それで、会長はもし娘さんが自分の子なら、財産分与をしたいとおっしゃるの。会長、長年連れ添った奥さまを三年前に亡くしているし、奥さまとの間には、子宝にも恵まれなかったのでそのお気持ちは痛いほどにわかるわ。だから、どうしても、アカネさんと娘さんをさがしてあげたいのよ」

「でも、それなら俺は関係ないでしょ？」

「関係あるのよ。じつは、その捜索をあなたに任せようと……」

「それだったら、興信所とかに依頼したほうがいいんじゃないですか？」

「もちろん、興信所は使っているわ。でも、会長はたとえアカネさんの顔を、今見たところで、特定する自信がないと言うの。それはわからないでもないの。とくに女は十五年も経てば、容姿はまったく変わってしまうから。しかも、会長は夢現《ゆめうつつ》のような一週間だったので、じつは顔もよく覚えていないって言うのよ……それに、興信所にはできない大きな問題があるの……アカネさんを特定する唯一の方法があるんだけど……こっちに来て」

手招かれて、富士夫はいそいそと対面のソファ椅子に近づいていき、紗江子の前にしゃがんだ。

「じつはアカネさんは、セックスでオルガスムスを迎えたときに……」

紗江子はバスローブの裾《すそ》をまくりあげて、左足をソファに立て、太腿の内側の付け根から、二センチほどの箇所を指さした。

「……ここに、赤い蝶《ちょう》の模様が浮かびあがるらしいの」

エッと、富士夫はすべすべの内腿《うちもも》をまじまじと見てしまった。

「絶頂に達したときにだけ、浮かびあがる痣《あざ》みたいなものね。で、会長はアカネさんがイッたときに、左の内腿に赤い蝶が飛ぶのを見たと言うの。気のせいじゃないかと思って、私も会長に確かめたんだけど、普段は左太腿に赤みも何もなくて……でも、昇りつめたときには、確かに赤い蝶の斑紋《はんもん》がくっきりと浮かびあがったって……三度したらしいんだけど、三度ともそうだったらしいの。まるで、翅《はね》をひろげた真っ赤な蝶が内腿から飛び立つようだったと、おっしゃっていたわ」

富士夫も、紗江子の内腿から赤い蝶が飛翔《ひしょう》するのを見たような気がした。

「興信所で、候補者を絞り込むことはできているの。でも、まさか、セックスでイカせて、赤い蝶の有無を確認しろなんて依頼できないでしょ？」

確かに……。富士夫はうなずく。

「その適任者をさがしているときに、誰かセックスの上手い社員を知らないかと小林菜月にダメ元で訊いたのよ。そうしたら、あなたの名前があがったというわけ。とにかく上手かったし、初めてイクということを体験したと言っていたわ。適任だと思った。幸い、あなたは比較的暇だし、長期出張をしても、総務部は何ひとつ困らないしね……。会長にもあなたの名前を出したら、母子をさがしてくれた暁《あかつき》には、あなたを営業部に戻す、とおっしゃったわ」

「ほ、ほんとうですか？」

富士夫は色めき立つ。

「ほんとうよ」

「なるほど……それで、俺をベッドに誘って、試したんですね？」

「そうよ。小林の言っていることが事実かどうか確かめたかったの……でも、ガセだったみたいね。残念だったわ……このことは絶対に口外しないでよ。社秘だから」

紗江子が立ちあがった。

「お、お待ちください！」

富士夫はその美脚にすがりついていた。

「小林菜月の言っていたことは事実です。俺は、女性をイカせようとすれば、できます。自信はあります」

富士夫はどうしても、その任務を成功させて、営業部に戻りたかった。

それに、せっかくの葉山紗江子というご馳走を前に、オードブルだけで席を立つなんてもったいない……。

「さっきは、まさかの高嶺の花がというか……突然のことで面食らってしまいました。それに、もう何年も女を抱いていないので、ついついあんな乱暴なことをしてしまった。あれは、本来の俺ではありません。このとおりです。もう一度、チャンスをください。このとおりです」

富士夫は恥も外聞もなく、紗江子の前で、正座して額《ひたい》を床に擦りつけた。

「信用していいのかしら?」

「信じてください。お願いします」

「……わかったわ。でも、ダメだと思ったら、途中でもやめさせるから。いいわね。ちょっと待って、シャワーを浴びてくるから」

紗江子はバスローブを脱ぎながら、バスルームへと向かった。

4

紗江子のあとに、富士夫もシャワーを浴びる。

これは、寺脇富士夫にとって、最大のチャンスであり、また、大きな勝負のときでもある。

股間をよく洗いながら、考える。

（女性はムードに弱い。それに、自分が大切にされているという意識があってこそ、性感が花開くのだ。この人にならば、身も心も預けていいと思ってもらわないと、女性はイカない。イクということは完全に我を忘れるという行為であり、少しでも不安があったら、女性は達しない）

富士夫はこれまでのセックスライフで体得したものを反芻《はんすう》する。

（俺はやればできる男だ。それに、社秘を共有して、俺と紗江子さんの距離感は明らかに縮まっている。さっきとは違う！）

意気込んで、バスルームを出た。

紗江子はバスローブをまとい、窓のカーテンを開けて、夜景を眺めていた。

（よしよし、ここは後ろから、ロマンチックに……）

女性は背後からの攻めに弱い。

もしかしたら、紗江子はそのチャンスをさりげなく与えてくれているのかもしれない。

バスローブをはおった姿で、ゆっくりと絨毯《じゅうたん》の上を歩いていき、後ろからそっと抱きしめた。予期していたのか、紗江子はぴくりともしない。

一瞬、自信を喪失しかけたが、ここはやるしかない。失敗は許されないのだ。

「きれいな夜景ですね」

めげずに、ロマンチックに耳元で囁《ささや》く。

「そうね……ここは、スカイツリーと東京タワーが両方見えるから、いいわね」

紗江子が前にまわされた富士夫の腕をつかんで、撫でさすってきた。

(イケる。紗江子さんだって、俺に期待してくれているのだ)

富士夫はふたたび耳元で囁く。

「まさか、この夜景を紗江子さんと見られるとは思いませんでした」

さりげなく、下の名前で呼んだ。

「ふふっ、紗江子って呼ばれるのは、いつ以来かしら。会長だって、葉山さんとしか呼んでくれないのよ」

「……でも、恋人は下の名前で呼んだりしますよね」

「残念ながら、今、彼氏はいないの……この十年の間、ずっと会長秘書をやってきたでしょ。だから、なかなかね……わたしの彼氏は会長なのよ」

「……それは、つまり……？」

「バカね。肉体関係はないに決まってるでしょ。妙なことを思わないで！」

紗江子に腕をぎゅっと握られて、その痛みに呻く。

（ああ、なんてバカなことを言ってしまったんだ）

反省した。

（だけど、こんなに美人なのに恋人がいないんだな……それだけは俺と同じだ）

打ち明けてくれた紗江子を身近な存在に感じた。だが、失敗できないと思うがゆえに、次のステップに進めない。

「緊張してるの？」

「ああ、はい、すみません」

「こうしたら、緊張が取れるかしら」

紗江子が富士夫の手をつかんで、バスローブの襟元《えりもと》からなかへと導く。

温かくて、柔らかな乳房を感じた。おずおずと手のひらで包み込むと、片手に

余るたわわなふくらみがしなって、

「んっ……！」

びくっとして、紗江子はバスローブの上から、富士夫の手に手を重ねてくる。

ゆっくりと、やさしく乳房を揉みながら、耳元で囁いた。

「前から紗江子さんに憧《あこが》れていました。あなたとこうなればいいと、ずっと思っていました」

「ふふっ……見え見えよ。女を落とすには、愛を囁くことも必要だものね。でも、わたしには見え透いた愛の言葉は必要ないわ。かえって、しらけてしまうから……行為で示して」

うなずいて、富士夫は髪を搔きわけて、現れたうなじにキスをする。ちゅっと唇を押しつけると、

「あっ……！」

紗江子はびくんっと震える。

どうやら、身体の後ろのほうを愛撫されると、感じるようだ。うなじをぬるっ、ぬるるるっと舐めると、

「あっ……あうぅぅ……！」

のけぞった紗江子の肩に、細かい痙攣《けいれん》の波が走る。

今だとばかりに髪をかきあげ、耳たぶを舐めた。ふっくらとした福耳が赤く染まっていくのを感じつつ、フッと息を吹きかける。

「いやーん……！」

少女のような声をあげて、紗江子が首をすくめた。

（かわいいじゃないか……！）

股間のものが頭を振る。

耳殻《じかく》に沿って舌を走らせながら、乳首の周辺をフェザータッチでなぞり、触れるかどうかの微妙なところで焦《じ》らした。しばらくつづけるうちに、紗江子の様子が変わった。

「ぁあん……ねえ、ねえ……」

甘えたような声で言って、もどかしそうに腰をくねらせる。

立って、後ろに尻を突き出している美人秘書の姿が、窓ガラスに映っている。

紗江子はもう我慢できないとでも言うように、

「ぁあぁ、焦らさないで……」

突き出した尻を富士夫の股間に擦りつけてくる。

女性は適度に焦らしたほうが、性感が醸成されて、ふくらんでいく。

ブランクは怖い。さっきはこんな当たり前のことさえ、できなかった。

さんざん焦らしてから、富士夫は乳首のトップに指腹を当て、柔らかく押し、捏《こ》ねた。

「んっ……んっ……ぁあうぅぅ……ぁああ」

紗江子が顔をのけぞらせながら、尻をぐいぐい突き出して、勃起に擦りつけてきた。

打てば響く身体をしている。

さっきは否定したが、もしかしたら、性的な部分でも会長の薫陶《くんとう》を受けているのかもしれない。会長だって、性器の挿入《そうにゅう》は無理かもしれないが、この素晴らしい肉体を愛撫することはできるだろう。

ロマンスグレーで、土木建設業の親分のようにがっちりした会長が、紗江子の肌を舐めている姿が思い浮かんできて、なぜか昂奮してしまう。

富士夫はうなじに舌を走らせながら、バスローブの下の乳房を揉みしだき、しこり勃ってきた乳首を、指に挟んで転がす。

親指と中指で突起を挟み、ソフトタッチで擦り、時々、中指を使って、乳首のトップを捏ねる。それをつづけていると、紗江子はもう立っていられないとでもいうように、膝をがくがくと落とした。

そろそろベッドインしたい。こういうときは、お姫様抱っこと決まっている。

右手を肩の後ろに、左手を膝の裏に持っていき、すらりとした身体をぐいと持ちあげて、横抱きする。

「あん……強引ね」

紗江子は微笑んで、ぎゅっとしがみついてくる。

ベッドに運んでいく間も、紗江子は両手を首の後ろにまわして、キラキラした瞳で富士夫を頼もしそうに見ている。

さっきまで自信がなかったのに、才媛にこういう目で見られると、自分はできる男だと思えてくる。

紗江子をそっとベッドにおろし、バスローブを脱ぎ捨てた。

その間に、紗江子もバスローブを脱いで、生まれたままの姿でベッドに横臥《おうが》する。

窓のほうを向いているので、そのなだらかな曲線を描く後ろ姿が目に飛び込んできた。首すじにまとわりつくウエーブヘア、背中は意外とひろいが、ウエストがウソのように締まっているので、その急激なラインがセクシーだ。丸々とした尻は枕明かりを反射して、白く光っている。

富士夫はベッドにあがり、紗江子を腹這いにさせる。

紗江子のような女を攻略するには、直球と変化球を巧妙に織り交ぜたほうがいい。まずは、変化球だ。

なだらかな肩から、肩甲骨《けんこうこつ》の浮かびあがる背中にかけて、指の腹を使って、スーッ、スーッとなぞった。箒《ほうき》で掃《は》くように静かに撫でると、

「あっ……くっ……ぁああ！」

きめ細かいもち肌に快美のさざ波が、サーッと走る。

「……いきなり背中なんて、なかなかやるじゃないの」

紗江子が重ねた手の上に、顔を乗せた姿勢で言う。

富士夫が背筋に沿って肌を舌でなぞりあげると、

「ぁあうぅぅ……」

紗江子は悩ましい声をあげて、尻をゆっくりと持ちあげる。

背中を走る快感が下半身にも及んでしまうのだろう。

感度のいい女は、男をその気にさせてくれる。相乗効果で、二人は目眩《めくるめ》く世

界を体験できる。

富士夫は背中にキスをしながら、右手で尻たぶの谷間を掃くようにする。四本の指でヒップの谷を縦にさすると、

「ぁああ……これ……あっ、あっ……」

紗江子は尻をぐぐっと持ちあげて、揺らめかせる。

（よし、こうなったら、一気に……！）

富士夫はふかふかの大きな枕を持ってきて、紗江子の腹の下に入れる。持ちあがってきた双臀《そうでん》の底に顔を寄せて、ぬるっと舐めた。

「はうぅぅ……！」

紗江子は大きく背中をのけぞらせて、尻たぶをぎゅっと引き締める。その尻たぶをひろげて、富士夫は底の亀裂に舌を走らせる。

三十五歳の熟《う》れた肉体は、クンニを受けると、否応なしに燃えあがってしまうのだろう。

ふっくらとして、いかにも具合の良さそうな陰唇《いんしん》である。

陰毛は細長い長方形に処理されて、他の部分がきれいに剃毛《ていもう》されているので、濃いピンクの肉厚の陰唇がくっきりと浮かびあがっており、舐めていても気持ち

がいい。

シャワーを浴びたせいか、仄《ほの》かにソープが匂う。

それでも、膣口《ちつぐち》に丸めた舌を押し込んで、ぬるぬると行き来させると、たとえようのない内部の味覚を感じて、それが、紗江子が生身の女であることを伝えてくる。

「ぁあああ……あああ……」

紗江子は絶え間なく喘《あえ》ぎ声を洩らしながらも、尻を持ちあげたり、左右に振ったりする。

会社では澄ました顔で歩いている会長秘書が、尻の孔《あな》を見せながら、バッククンニで、はしたなくよがっている。

舐めるほどに膣口がゆるんで、柔らかくなり、楽に奥へと舌が侵入していく。

ピストン運動のように舌を抜き差しすると、

「あっ……あっ……もう、もう、ダメっ……」

紗江子が弱音を吐いて、腰を逃がそうとする。

富士夫はさらに顔の位置を低くして、狭間《はざま》に舌を往復させ、笹舟形をした女陰の突端を舌でちろちろとなぞる。

「ぁあん、そこ……そこ、そこ、そこ……」

紗江子は喘ぎを長く伸ばして、のけぞり、がくがくっと細かく痙攣する。

勉学のできる女はセックスに関しても向上心があり、性感を深めていくことができると、どこかで読んだことがある。

（さすがだ……！）

クリトリスを上下左右に舐め、適度に吸い、舌で丸く転がすうちにも、紗江子の腰は面白いほどにせりあがり、横に振れる。

おそらく、エステサロンやスポーツジムにも通っているのだろう。

適度な弾力を持ちながらも、すべすべの尻が、ぎゅっ、ぎゅっと引き締まったり、反対にゆるんだりする。

5

紗江子を仰向《あおむ》けにし、覆いかぶさるようにして乳房を揉みながら、乳首を舌で転がした。

正面から乳首を攻めるのは、直球の部類に入るだろう。

たわわでありながらも、ツンと先の尖《とが》った形のいいふくらみを揉みしだきながら、乳首を執拗《しつよう》に舐める。

そうしながら、紗江子の手をつかんで、イチモツに導いた。

すると、紗江子は自分から肉柱を握って、しごきたてながら、

「ほんと言うとね……さっきから、もうこれが欲しくてたまらないのよ」

富士夫を見て、艶然と口角《こうかく》を吊りあげた。

目鼻立ちのくっきりした美貌にほんのりと朱《しゅ》がさして、アーモンド形の目は潤《うる》みきり、どこかとろんとしている。

(ああ、理性を失いかけたこの目……あの葉山紗江子が発情している！)

富士夫は下半身のほうに体をずらし、すらりとした足の膝をすくいあげる。

「ぁあああぁ……」

持ちあげて開かせるだけで、紗江子は感に堪えないという声を長く伸ばす。

ペニスの快楽を知っているから、思わず期待に満ちた声が洩れてしまうのだろう。

先ほど、こんなに感度抜群の女を感じさせられなかった自分が恥《は》ずかしい。

ビロードのように漆黒《しっこく》に光る翳りの底に、イチモツをなすりつける。ぬるぬるとすべらせながら、窪《くぼ》みを見つけて、ゆっくりと押し進めていく。

とても窮屈なところを切っ先が押し開いていく確かな感触があって、

「ああああぅぅぅ……！」

紗江子が顎をせりあげて、手で口をふさいだ。

素晴らしい締めつけだった。

とろとろに蕩《とろ》けた熟女の粘膜が、ざわざわと波打ちながら、分身を包み込んでくる。

「くっ……！」

歯を食いしばらないと、一瞬にして洩らしてしまいそうだった。

かるくピストンを試みたものの、からみつきがすごすぎて、これをつづけたら、あっと言う間に暴発してしまいそうだ。

馴染《なじ》ませたかった。膝を放して、覆いかぶさっていく。

上から見ると、紗江子も見あげてくる。

細められた目の奥で、潤みきった瞳がぼうっとした光を放っている。

その、対象を見ているようで見ていないとろんとした瞳が、富士夫をいっそう昂《たかぶ》らせる。

唇を寄せていくと、紗江子もキスを受け入れて、自分から舌をからめてくる。

唾音を立てて、富士夫の舌をしゃぶりながらも、すらりとした足を富士夫の腰にからみつかせて、ぐいぐいと下腹部を押しつけてくる。

(おおぅ、すごい……！)

ペニスを貪るような卑猥《ひわい》な動きに、富士夫は射精しそうになって、ぐっとこらえる。

食いしばった歯列を紗江子の舌が、横に掃くようになぞり、隙間をこじ開けて侵入してきた。富士夫も応戦して、ねろりねろりと舌をからめながら、ゆっくりと加減をして打ち込んでいく。

すると、紗江子の下腹部は動きに応じて、肉棹を締めつけてくる。

(知らなかった。うちのナンバーワン秘書がこれほどのセックスの達人だったとは……)

なるほど、これなら自分で富士夫のセックスの巧拙《こうせつ》を確かめたくなるはずだ。

だが、非常にマズい。これでは、紗江子をイカせる前に自分が射精してしまう。

富士夫はキスをやめて、紗江子の強い性感帯のひとつである乳首を攻める。

ぐっと猫背になって、舌先を素早く左右に振り、乳首にかるく触れる。それを

つづけていくうちに、

「あっ……あっ……ぁあああ……」

紗江子は顔をのけぞらせ、腰から足を離し、シーツを片手で握りしめて、もう片方の手の甲を口に押しつける。

（よしよし……何とかなりそうだ。こういうときは……）

富士夫はかつて女性を攻略したときの、必殺技を思い出した。

深く挿入するときには、必然的に富士夫の体もずりあがる。その動きを利用して、乳首を舐めあげる。

腰を引くときは、舌の裏側で乳首をなぞりおろす。

また、勃起で膣を深くうがちながら、乳首を舌で舐めあげる。

それを繰り返していくうちに、紗江子の様子が完全に変わった。

とくに、打ち込みながら、乳首を舐めあげると、反応が大きい。

「ああああぅ……！」

繊細《せんさい》な顎を突きあげて、右手の甲を口に当て、左手でシーツを鷲《わし》づかみにする。

（よし、ここは一気に……！）

富士夫は乳房を揉みしだきながら、ピストンを激しくしていく。

ジュブッ、ジュブッと挿入しながら、乳首を縦に舐める。

「ぁあぁ、気持ちいい……気持ちいいのよぉ」

紗江子が心から感じているという声をあげる。

（よし、よし、よし……！）

富士夫は顔をあげて、上体を立てた。

長い足の膝裏をつかんで、開きながら押しあげる。

紗江子の腰があがって、イチモツと膣の角度がぴたりと合った。

美人秘書の膣口がペニスの形にひろがって、そこに、いきりたつ肉柱がズボズボと出入りする様子が、丸見えだ。

膣の性感帯は大きく分けて、二つある。

浅瀬のGスポットと、子宮口付近のポルチオだ。

まずは、丹田《たんでん》に力を込めて、ペニスを上に向かせ、その状態で天井側にあるGスポットを擦りあげる。

「ぁあぁ……ぁあぁあ……ダメ、ダメ、オシッコがしたくなる」

紗江子がまさかの言葉を口走った。

多分、それはオシッコではなく、ハメ潮を吹きそうだということだろう。

「いいんですよ。吹いても、いいんですよ」

ぐっと丹田に力を込めて、持ちあがった亀頭部でつづけざまに浅瀬を擦った。

「ぁあああ、いや、いや、いや……」

紗江子は激しく顔を右に左に振る。

このまま潮吹きするかと思ったが、そういう恥ずかしいことはしたくないという思いがあるようで、一定以上は高まっていかない。

高すぎるプライドが、ハメ潮の邪魔をしているのだ。

（残るは、ポルチオか……）

富士夫は紗江子の美脚を肩にかけ、ぐいと前に屈む。

すらりとした肢体が腰のあたりで折れ曲がり、紗江子が苦しそうな顔をした。

富士夫はさらに前のめりになって、両手をシーツに突く。

顔の真下に、紗江子のゆがんだ美貌があった。

その姿勢で、腰を打ちおろしていく。

この体位なら、挿入が深くなり、亀頭部がダイレクトに子宮口を直撃するはずだ。

杭《くい》打ち機のように上から叩きつけると、

「あんっ……あんっ……んっ……あんんっ！」

紗江子は上へ上へとずりあがりながら、細い眉を八の字に折る。

打ちおろすたびに、美乳がぶるるん、ぶるるんと揺れた。

子宮口まで届かせておいて、そこで亀頭部を押しつけるように、ぐりぐりと圧迫すると、紗江子の気配が変わった。

「ぁあああ、それ……それよ……いい。おかしくなる……おかしくなる……」

呼吸をするのも忘れたように、息を詰めて、顎をせりあげる。

後頭部がシーツに擦りつけられるほど、のけぞっている。

（こうだった。こうやって、ぐりぐりすれば……）

富士夫もかつてのコツを思い出した。

ここまで昂ったら、亀頭部をポルチオから離してはいけない。このままくっつけたまま捏《こ》ねつづければ、女性は気を遣《や》る。

膣奥まで押し込んだまま、亀頭部を擦りつけた。

若干のピストンを繰り返しながらも、先の位置を微妙にずらして、子宮口を捏ねつづける。

富士夫も気持ちがいい。扁桃腺《へんとうせん》のようにふくらんだ奥の粘膜が、カリにまったりとからみついてくる。フェラチオされるときも、カリがいちばん気持ちいい。それと同じ原理である。

圧迫しながら、ぐりぐりと擦りつけていると、紗江子の様子が逼迫《ひっぱく》してきた。

「ぁあああ……イキそう……イキそうなのよ。突いて、思い切り突いて！」

顔を持ちあげて、潤みきった目で見あげてくる。

やはり、最後は激しくピストンされて、気を遣りたいのだろう。こう見えても、紗江子にはマゾ的なところがあるに違いない。もっとも、ほとんどの女性はマゾ側である。

富士夫は、投手が振りかぶって剛速球を投じるときのように、腰を引き、溜め込んだ力を爆発させるように打ち込み、途中でしゃくりあげた。

こうすれば、Ｇスポットも同時に攻められる。

体重を乗せた剛速球をつづけざまに投じた。

ジュブッ、ジュブッと亀頭部を深いところに送り込む。届かせたときに、ぐりぐりと捏ねる。

また引いていき、剛速球を投じる。

それをつづけているうちに、紗江子はもう何が何だかわからないといった様子で、

「あんっ、あん、あんっ……ぁあああ……ぁあああああ」

両手でシーツを掻きむしり、少しずつずりあがりながら、顔をのけぞらせる。

富士夫もこらえきれなくなった。射精しそうだ。

だが、紗江子を絶頂に導かないと、明日はない。

きりきりと奥歯を食いしばり、

「いいんですよ。イッていいんですよ」

紗江子を誘う。

「ぁああ、今よ！　メチャクチャにして！」

紗江子が切羽詰《せっぱつ》まった様子で言う。

(よし、メチャクチャにしてやる……！)

富士夫は最後の力を振り絞って、つづけざまに打ちおろした。熱い陶酔感《とうすいかん》が急速にふくらんでくる。

(頼む……イッてくれ！)

奥歯を食いしばって叩き込んだとき、

「ぁああ、ぁあああああ……来るわ、来る……ぁああ、ぁあああああ……イク、イク、イッちゃう……やぁあああああぁぁぁぁぁ！」

紗江子ほどの人がまさかこんな声を、と思うような嬌声《きようせい》を噴きあげて、のけぞり返った。

膣がふくらみながら、細かく収縮して、イチモツを包み込んでくる。

ぐいと奥を捏ねたとき、富士夫も桃源郷に押しあげられる。

「うおおおおっ……！」

吼《ほ》えながら、しぶかせていた。

熱い男液が噴きでる快感が、脳天にまで響きわたる。

紗江子はのけぞりながら、何かに突き動かされるように腰を撥ねあげる絶頂の動作を二度、三度と繰り返し、ばったりと動かなくなった。

第二章　佐渡島の仲居頭

1

寺脇富士夫は、佐渡島の南にある小木《おぎ》・赤泊《あかどまり》地区に建つS旅館に来ていた。

どうやら、葉山紗江子のテストに合格したようで、あれからすぐに佐渡島への出張を命じられた。

会長の命の恩人であるアカネを見つけるまでは、帰ってくるなと言われている。

総務部のほうにも、会長からお達しがあったのだろう、課長は怪訝《けげん》な顔をしながらも、富士夫に出張の理由は問わなかった。

富士夫としても、総務部で無視される日々を送るよりも、会長＝会長秘書の特命を受けて働くほうがよほどやり甲斐がある。この任務をまっとうしたら営業部に戻す、とまで会長が約束してくれたのだから。

小木・赤泊地区に『会長の女』をさがす拠点を置いたのは、時々会長宛にくるアカネからの手紙の消印がこの辺りの郵便局のものだからだ。会長も我を忘れて入水《じゆすい》したのは、島の南の海岸だったと言っているらしく、アカネがこの地域に今も住んでいる確率は高かった。

会長が助けられたのが十五年前の四月頃だったというから、翌年の一月か二月に生まれたとして、今は五月だから、娘は十四歳ということになる。

その母であり、会長の子を生んだアカネは、当時が二十三歳前後だとして、現在は三十八歳前後――。

興信所が、それに近い年齢の母子を何組かリストアップしていた。

シングルマザーとして娘を育てている人もいるし、結婚して夫がいる人もいる。連れ子かどうかも判明していないケースもあり、そのへんは実際に逢って、事情を聞き出すしかない。

すでに候補者五人が挙げられているから、さがす手間がかからない。

しかし、その女性を抱いて、なおかつ絶頂に導かないと、内腿《うちもも》の蝶《ちよう》の斑紋《はんもん》の有無はわからないのだ。

富士夫はイケメンでもなく、特別に女にモテるわけでもない。そんな男がひとりの女とベッドインすること自体、一大事業と言っていい。

それに、心配なことがひとつあった。会長の嫉妬《しっと》だ。

東京を発《た》つ前に、紗江子に確かめた。

『ほんとうに、やっちゃっていいんですね。会長に恨まれるのはいやですよ』

『そこは、大丈夫。会長もどんなことをしても、さがしてほしいとおっしゃっているの。つまり、暗に認めているってことよ。会長ももうお歳だし、嫉妬なんてしないわよ……彼女を見つけたら、大喜びなさるわ。そうなったら、寺脇さんは営業部に戻れるのよ。そんな心配をするより、女性とどうやってベッドインするかを考えたら』

紗江子にはそう言われた。

安心して、東京を発《た》ち、さっきS旅館に到着した。

この旅館に宿を決めたのは、仲居頭をしている長谷川藍子《はせがわあいこ》が候補のひとりだったからだ。

年齢は三十八歳で、十四歳になる中学生の娘がいる。離婚して、シングルマザーとして娘を育てているという情報は、興信所から受け取っている。

条件はぴったりと合う。

それに十五年前、とっさに偽名を使ったとすれば、名前が藍子で、その『藍』からの色の連想で、茜色《あかねいろ》を思い、『アカネ』と名乗ったのもうなずける。

チェックインしたとき、仲居頭の長谷川藍子を担当にするよう指名したところ、すぐに、藍子がやってきて、部屋まで案内してくれた。

藍子は中肉中背で、かつては清純派だったと思われる、なかなかの美形だった。これなら、当時絶望のなかで救いを求めていた会長が、ついつい情事を交わしてしまったのもうなずける。

午後六時になって、藍子が夕食のお膳を部屋に運んできた。

仲居のモスグリーンの着物を着て、黄色の帯をきりりと締めた藍子は、髪を後ろでアップにして、楚々《そそ》としたなかにも適度に成熟した女の色香が匂う、男なら誰もが一目置くような存在だった。

藍子が、これは佐渡島の近海でとれた何々でと、海の幸を中心にした凝《こ》った料理を説明してくれる。

仲居頭を務めるだけのことはある。仕種《しぐさ》や言葉づかいひとつ取っても、落ち着いているし、澱《よど》むところがない。

それに、袖をまくってそれぞれの料理を説明するときの指が妙に色っぽく、結《ゆ》われた髪から垂れる鬢《びん》のほつれや襟足《えりあし》もひどく艶《なま》めかしかった。

女性のなかには、本人の意図《いと》には関係なく、男心をかきたててしまう者がいるが、きっと藍子もそのひとりだろう。

『アカネさんですか？』

『熊島建設の会長を知っていますか？』

と、単刀直入に切り出してもいいが、藍子がアカネであれば、正体を知られたくないのだから、かえって警戒されてしまって、事実は明かさないだろう。

いずれにしろ、最終的に身体を合わせてきちんと蝶の存在を確かめなければいけないのだから、ここは、焦らずに少しずつ仲良くなっていきたい。

富士夫はあらかじめ考えておいた接近作戦を実行する。

「長谷川さんを見て、びっくりしました。ある女の人にそっくりだったものですから」

声をかけると、藍子が顔をあげて、

「わたしが……ですか？」

「ええ……じつは、別れた女房なんです」

それとなく、富士夫がバツイチで、今は独身であることを知らせた。同時に、自分が藍子に興味津々《きょうみしんしん》であることも、仄《ほの》めかした。

藍子が一瞬、困ったような、照れたような顔をした。

はにかむと、ますます色っぽくなって、そそられてしまう。

「でも、あなたのほうがずっとおきれいだ。あなたのような美人なら、俺も別れなかったな……失礼ですが、ご結婚は？」

さりげなく、現状をさぐる。

「ひとりですよ。娘はいますが……」

「へえ、そうなんですか……失礼ですが、娘さんはお幾つですか？」

事実確認をする。

「十四歳ですが……」

ああ、やはり……と納得した。情報に間違いはない。

「そんな大きな娘さんがいるようには、とても見えない……シングルマザーってやつですね。女手ひとつでお子さんを育てるのは、大変でしょうね」

「でも、娘がいるから、わたしも働かなきゃと思えるので……」

藍子が一重瞼《ひとえまぶた》の目で、まっすぐに富士夫を見た。

「ああ、それはわかるような気がします。それで、仲居頭という大変な役職をこなせるんでしょうね」

「そう……かもしれませんね。まだまだですけど……」

藍子が謙譲の美徳を発揮する。

「……藍子さんは、ずっと佐渡島に？」

「ええ……一度、新潟市で働いたことがあるんですが、あとはずっとこの島で……生まれたのも、ここです」

「そうですか……じゃあ、いろいろと聞けそうだ。じつは、東京のある調査会社で働いていまして、今回はこの島の調査に来ました。しばらく滞在しますので、もしお時間ができたら、このへんのことをいろいろと教えてください」

そう言って、思い切り笑顔を作った。

「はい、知っている限りのことはお答えしますので。では……ゆっくりと召しあがってください」

「ああ、長時間、引き止めて悪かったね」

「いえいえ……では、失礼いたします」

藍子は襖《ふすま》を開け、こちらに向き直って閉めて、部屋を出ていく。

(ほんとうにいい感じの女性だ。それに、ちょっと謎めいたところが魅力的だ。

たとえ特命がなくても、抱きたい人だな）
富士夫は近海物の刺身に手をつけ、口に運び、その舌の上で蕩《とろ》けるような味覚に、
「ううん、美味しい」
目を閉じて、もたらされる至福を味わった。

2

翌日から、富士夫は藍子との距離をさらに詰めようと、廊下ですれ違うときは、にっこりして言葉をかけた。

部屋に食事を持ってきてもらったときには、話しかけて、藍子の家族の事情をさぐりつつ、自分の失敗談なども話した。

藍子は少しずつ胸襟《きょうきん》を開いてくれたが、仲居頭という立場上の責任感があるのか、なかなか腹を割ってくれないし、隙を見せない。

それに、仲居頭の仕事を終えると、すぐに帰宅してしまう。

ここから徒歩十分の簡素な平屋に住み、家を見に行ったときに、ちょうど中学の制服をつけた娘が帰宅するところを目撃した。

母親に似てとても清純そうな、長い髪の美少女だった。

もし、藍子が『アカネ』で、娘が会長の実の娘だったら、きっと会長は大喜びするに違いない。藍子だって、会長の財産分与があれば、今後の人生を余裕を持って送ることができる。

（絶対に真偽を確かめないと……）

だが、物事はそうは上手くいかない。

藍子はガードが固く、デートに誘っても乗ってこない。

仕方ないので、候補にあがった他の女をあたることにした。

しかし、アカネ候補は、小木港のたらい舟の漕ぎ手や、酒蔵に勤める女性蔵《くら》人《びと》、トキの森公園の飼育係に主婦、と多岐にわたっており、それぞれの職場に顔を出すのが精一杯で、とても顔を合わせるまで至らない。

つくづく、自分の無能さを思い知らされた。

しかも、毎日、紗江子には連絡を入れる決まりになっていた。

電話で、あまり進捗《しんちょく》がないことを告げると、

『何をしてるのよ。もう一週間経っているのよ。これ以上、無駄飯を食べさせるわけにはいかないの。あなたの代わりに誰か新しい人を見つけなくてはね……い

いのね、それで。営業部には戻れないわよ』

と、紗江子に叱責された。

頭を抱えているとき、千載一遇《せんざいいちぐう》のチャンスが訪れた。

その夜は、藍子が旅館に泊まって、宿直をする予定だと言う。

藍子によれば、仲居は月に一度か二度、当直をする。ひとりで旅館の一角にある従業員用の部屋で仮眠をしつつ、何かあったとき、それに対応するのだ。

チャンスだった。すぐにセックスをするのは難しくても、距離を大幅に詰められる。この機会を逃したら、自分はもう終わりだ。

富士夫は決意を新たにし、深夜になるのを待って、あらかじめ調べておいた宿直用の部屋に向かった。

（確か、このへんのはずだが……）

客室から離れた宿直室をさがしていると、ひとつの部屋から、

「いけません！」

女のこわばった声が洩《も》れ聞こえてきた。

（うん？　この声は藍子さん……何が起きているんだ）

声がした部屋の前で立ち止まって、耳を澄ます。

「私の気持ちはわかっているだろう？」

押し殺したような男の声が耳に飛び込んでくる。

「でも、小宮《こみや》さんには、奥さまもお子さんも……」

また、藍子の声がした。

（そうか、あの番頭か……）

小宮というのは、六十歳くらいの番頭で、痩せているが、目だけがぎょろりと大きく、客に対しては異常に腰が低いが、従業員には厳しく、見るからに狡猾《こうかつ》で、自分の立場しか考えていないという感じの男だった。

時々、藍子の腰のあたりに粘っこい視線を浴びせていたから、前から、藍子を狙っていたのだろう。

ドタドタと取っ組み合うような音がして、

「やめてください！」

「……仲居頭をおろすぞ。娘のためにも金が必要なんだろ？」

「やめて……ほんとうにやめて……人を呼びますよ」

藍子の振り絞るような声が聞こえる。

（なるほど。藍子さんが脅されて身体を……！）

ここは絶対に藍子を助け出さなければいけない。

富士夫はドアをノックして、

「どうかなさいましたか？」

部屋のなかに声をかける。

と、室内での物音がぴたりとやんで、次の瞬間、藍子が飛び出してきた。

制服の着物の胸元がはだけ、裾《すそ》も乱れている。

「あっ……」

藍子はそこにいるのが富士夫だったことに驚いたようだったが、すぐに、

「すみません。あの……」

と、今出てきた部屋を見た。

部屋はシーンと静まり返っている。番頭がいるはずだが、事態を察して、息を潜めているのだろう。

うなずいて、富士夫は藍子とともに廊下を足早に宿直室から遠ざかる。

後ろを振り返ったが、小宮は姿を現さない。

肝っ玉が小さそうな男だから、今頃、部屋で自分のしたことを後悔しつつ、ひとりで震えているのだろう。

「だいたい事情はつかめています。番頭さんに襲われたんでしょ？　危なかったですね。よかったら、俺の部屋に来てください。一時避難と言うか……」

「でも、ご迷惑が……」

藍子がいまだに怯えた顔で、富士夫を見た。

ここは勝負だ。今しかないのだ。そんな気持ちを押し隠し、

「平気ですよ。あなたを危険にさらすわけにはいきません。大丈夫ですから。いっこうに迷惑じゃない。行きましょう。まごまごしていると、あいつが追ってくる」

富士夫は帯の後ろの結び目に手を添えて、部屋に向かう。

藍子は時々、後ろを振り返りながらも、富士夫と一緒に階段をあがる。

二階の部屋のドアを開けて、藍子を入れ、内鍵をかけた。

「これで、もう平気です。大丈夫でしたか？」

二間つづきの部屋の入口に近いほうの和室で、藍子の肩に手を置いて、抱き寄せると、

「怖かった……！」

藍子がすがりついてきた。

（おおう、いい傾向だ！）

人の不幸につけこむようだが、背に腹は替えられない。

髪につけた椿油《つばきあぶら》の芳《こう》ばしい香りが鼻孔を甘くすぐって、こんなときでさえ、下腹部が疼《うず》いてしまう。が、ここは、頼りがいのある男を演じて、藍子の信頼を得たい。

「大変でしたね。番頭さんですよね？」

「ええ……断っても断っても、しつこくせまってきて……」

「ここなら、大丈夫です。番頭さんも俺が誰か気づいていないはずですから、ここには絶対に来ません」

やさしく、やさしくと念じながら、和服の肢体を包み込むように抱きしめる。

ここは一気に……。

「部屋を出たら、あいつがまた妙なことをしでかしかねない。ここにずっといたほうがいいですよ」

「でも……お客さまにご迷惑をかけるわけにはいきません」

藍子が胸板から顔をあげて、きっぱりと言う。

「全然、迷惑じゃない。むしろ……」

「むしろ……？」

藍子が小首を傾げる。

「いえ、何でもありません。とにかく……まったく迷惑ではないし、いてほしいんです」

思いを伝えようと、瞳をまっすぐに見た。それから、

「お疲れのようだから、こっちの部屋にも布団を敷いておきます。あっ、俺は何もしませんから、安心してください」

富士夫が押し入れからもう一組の布団を出して、和室に敷きはじめると、

「わたしがします」

藍子が制して、手際よく布団を延べる。

敷き終えて、まだ、眠れないでしょうからと、座卓の前に座って、話をする。

番頭のことは、意識的に触れないようにした。思い出したら、怖くなってしまうだろう。

「お若い頃は、何をなさっていたんですか？」

訊《き》くと、藍子は島の高校を出てから、しばらく職を転々とし、十年前にこの旅館で仲居をはじめたのだと言う。

「仲居の仕事が性に合っていたんでしょうね。それから、ずっとここで……」

そう話す間も、藍子は正座を崩さない。

「十年やっていらしたから、仲居頭を務めるまでになられたんですね。すごいことですよ」

言うと、藍子ははにかんだ。それから、

「長くいすぎたのかもしれませんね」

と、表情を引き締める。

おそらく、番頭とのことを言っているのだろうが、それはこれ以上触れないで、

「中学生の娘さんがいらっしゃるんだから、大変ですよね。ご結婚は早かったんですね」

少し踏み込んでみた。

「ええ……」

と、藍子はしんみりと言った。それから、

「あの、寺脇さまのお別れになったという奥さま、そんなにわたしに似ているんですか？」

はんなりとした顔を向けた。

これ以上、自分の過去を語るのがいやで、話題を変えたかったのだろう。

「ああ、はい。似ていました……」

それは、親しくなるためについたウソだったが、ここは貫《つらぬ》くしかない。

「あなたを見たとき、ドキッとして……今考えると、俺がいけなかったんです。いい女房でした。なのに、俺が仕事のミスで配置換えになり、それから、もう全然ダメで……それで、女房が愛想を尽かしたんです」

途中からは真実を語っていた。

実際の離婚も今考えてみると、原因は自分にあった。

「そうですか……でも、寺脇さまはいい方ですね。離婚の原因は自分だと、しみじみ語られるんですから。わたしのような者が生意気を言うようですが、人生山あり谷ありですから……これから、きっといいことがおありになりますよ」

藍子がやさしい目で、富士夫を見た。

その慈《いつく》しみに満ちた表情に、自分が包み込まれるようだ。

特命抜きで、富士夫は藍子を抱きたくなった。

肩を抱き寄せて、押し倒せば、とも考えたが、番頭に襲われたばかりの藍子の心情を思うと、それはできない。

しばらく話をしたが、会話が途絶えた。

「番頭さんも追ってこないようだし、旅館も異常がないようだから、少し横になりましょうか。ああ、窓側に寝てください。俺がこっち側に寝ますから、番頭さんが入ってきたとしても、俺が止められます。大丈夫ですよ。襖は閉めておきますから」

信頼できる男を装《よそお》った。すると、藍子は疲れていたのだろう、

「すみません。そうさせてください」

と、是非もなく富士夫の言葉に従った。

富士夫は立ちあがり、境の襖を閉めた。

布団にごろんと横になって、天井を見あげていると、隣室から、シュルシュルッという衣擦《きぬず》れの音がして、藍子が帯を解いている気配がする。

物音がやみ、静寂が支配する。

襖一枚を隔てて、藍子が寝返りを打つ音が聞こえる。

きっと、藍子もなかなか寝つけないのだろう。

今が最大のチャンスじゃないか……しかし、藍子さんの心情を考えたら、ここ

はぐっと我慢だ――。

3

富士夫が布団の上を輾転《てんてん》としていると、襖がスーッと開いた。

見ると、藍子が白い長襦袢姿《ながじゅばんすがた》で立っていた。

すでに、髪は解いていて、長い漆黒《しっこく》の髪が長襦袢の肩と胸に散っている。

「ひとりで寝ていると、すごく不安で……あの、隣に行っても、よろしいでしょうか？」

胸のふくらみを肘《ひじ》で隠した藍子が、目を伏せた。

よっしゃあ、という気持ちはあるが、ここは、大人の対応をしたい。

「……お気持ちはわかります。よろしければ、どうぞ……」

富士夫は昂《たかぶ》る気持ちを抑え、掛け布団を開いて、自分の隣を示す。

藍子は襖を閉め、向き直って、畳の上を歩いてきた。

「すみません」

隣に身体を静かにすべり込ませてくる。

(ここは、腕枕だろうな)

とっさに左腕を伸ばすと、藍子は頭を二の腕あたりに乗せ、富士夫のほうを向いて、身を寄せてきた。

さらっとした黒髪が顔にかかり、椿油の芳ばしい香りが鼻先をくすぐる。欲望の電流が下半身に流れ、イチモツが力を漲《みなぎ》らせてきた。

特命以前に、この人を抱きたいと感じている。そのことが、うれしい。

藍子はぴったりとくっついて、富士夫の浴衣《ゆかた》の胸元から手をすべり込ませて、静かに胸板をさする。

「こうしていると、すごく安心できます」

藍子が耳元で囁《ささや》いた。

「よ、よかった……」

間抜けなことを口走ってしまい、あちゃあと自分に呆れた。

こうなることを望んでいたはずなのに、いざそれが現実になると、あたふたしてしまう。葉山紗江子を相手にしたときも、こうだった。どうやら、自分はとっさの対応力が不足しているようだ。

（落ち着け、落ち着け……）

と、自分に言い聞かせる。

藍子は胸板をなぞりつづけている。

自分から触ってくるのだから、たんに安心感を求めているのではなく、それ以上のことを望んでいるに違いない。

ここに来て、一週間が経つが、藍子の周辺にまったく男の気配がない。すがる男がいない状態で、娘を育てるのは大変な苦労だろうし、その寂しさをときには男に埋めてもらいたいと感じるのは、ある意味、当然ではないか——。

そう思って、富士夫も左手で藍子のさらさらした髪を撫《な》で、長襦袢の袖口から右手を入れて、肘《ひじ》から二の腕にかけて、じかに撫であげる。柔らかな二の腕をさすりあげたとき、

「あっ……」

藍子が小さく喘《あえ》いだ。

さらに、脇腹から腰にかけて撫でおろしていくと、藍子は震えながら、ぎゅっとしがみついてくる。

ここはもう行くしかない。

富士夫は上体を立て、浴衣を脱いだ。

ブリーフをイチモツが高々と持ちあげている。そのふくらみを見た藍子が、ハ

ッとしたように視線をそらす。

これほどに反応するというのは、やはり、最近は勃起《ぼっき》した男のイチモツを見ていないのだろう。

仰向《あおむ》けになった藍子に覆《おお》いかぶさるようにして、富士夫は唇を重ねていく。

藍子も拒まず、唇を合わせたまま、富士夫の背中を抱き寄せる。

キスが一気に情熱的なものになり、舌と舌がからみあう。

「んんんっ……んんんん……」

くぐもった声を洩らしながらも、藍子は唇を合わせ、ぎゅっと抱きついてくる。そのしがみつき方で、藍子が抱えていた寂しさのようなものを、ひしひしと感じる。

富士夫は首すじから胸元へと、キスをおろしていく。

長襦袢越しに乳房に顔を埋めて、ふくらみを揉《も》みしだきながら、キスを浴びせると、

「んっ……んっ……ぁあああうぅぅ……」

藍子はのけぞって、顎《あご》を突きあげる。

白い長襦袢の衿元《えりもと》を押し広げていくと、たわわなふくらみの上部が現れ、次い

で、セピア色の乳首がこぼれでた。

藍子が乳首を隠そうと、そこを手で覆った。

やはり、男に乳首を見せるということは、女性にとってはセックスをする際の第一関門であり、強い羞恥心《しゅうちしん》が生まれるのだろう。

「きれいな乳首ですよ。胸の形もいい。素晴らしい」

褒《ほ》めて、藍子の羞恥心を拭《ぬぐ》った。長襦袢をぐいとおろし、腕を抜かせて、もろ肌脱ぎにさせる。

ぶるんと乳房がこぼれでた。

華奢《きゃしゃ》な上半身だが、乳房はたわわで、そのアンバランスと言ってもいい発達した胸に、富士夫は固唾《かたず》を呑《の》む。

なおも胸を隠そうとする手を外して、顔の両側に押さえつけた。

藍子は恥《は》ずかしくてたまらないといった様子で、顔をそむけて、目をぎゅっと瞑《つぶ》っている。

もう三十八歳だと言うのに、いまだ羞恥心を忘れない。

(いい女だな……)

両手をかるく押さえつけたまま、お椀形をした乳房の頂《いただき》に舌を這《は》わせると、

「あんっ……！」

びくっとして、藍子は顔をのけぞらせる。

もう一方の乳首も同じように舐《な》める。

そのたびに、藍子は「んっ……あんっ」と声を洩らし、そんな自分を恥じるように目をぎゅっと瞑る。

舌で掃《は》くようになぞっていると、乳首が見る間にせりだしてきて、舐めていても硬くしこってきたのがわかる。

藍子の手を放して、ふくらみを揉みしだいた。

乳房は揉むほどに柔らかく形を変え、色の白い乳肌は青い血管が透《す》け出て薄く張りつめている。

乳房だけではなく、全身がきめ細かいもち肌で、色が抜けるように白い。

触ったところが、桜色に染まって、何とも悩ましい。

この肌なら、赤い蝶の模様が浮き出てもおかしくはない。内腿に赤い蝶が浮かびあがったら、エロチックこの上ないだろう。

量感あふれるふくらみを揉みながら、乳首をやさしく攻めた。

藍子は乳首がとても感じるようで、そういう箇所は、じっくりと時間をかけて愛撫したい。

粒々が出ている乳輪を、フェザータッチで舐める。すると、自然に舌が乳首本体にも触れて、

「ぁあああ……ぁあああうぅぅ……」

藍子は手指を口に持っていき、必死に声を押し殺している。それでも、低い喘ぎ声は間断なく洩れてしまう。

口に当てている左腕があがり、きれいに剃られた腋《わき》の下がのぞいている。

（よし、ここは……）

富士夫は顔をずらして、腋の下に顔を埋めた。

じっとりと汗ばんでいて、仄かに甘酸っぱい汗の香りをこもらせている。

ざらっと舐めあげると、

「あ、いやっ……！」

藍子が腋を締めようとする。

「いけません。ここはダメっ」

羞恥をあらわにする藍子の肘を持ちあげて、なおも腋窩《えきか》の窪《くぼ》みに舌を走らせると、肌が一気に粟立《あわだ》って、

「あっ……んっ……くっ……！」

藍子の洩らす声の質が変わった。

富士夫はそのまま腋の下から、二の腕にかけて舐めあげていく。きめ細かいすべすべの肌に唾液が塗り込まれ、鈍く光って、

「ぁあああうぅぅ……」

藍子が大きくのけぞった。

細かい痙攣《けいれん》の波が走り、顎がいっぱいにせりあがる。

(敏感だな……藍子がアカネだとして、若い頃もこれだったら、会長は嬉々として、この身体を貪《むさぼ》ったに違いない。会長が生きる力を取り戻したのもわかる)

そうであってほしい。

富士夫はふたたび乳房に戻って、乳首を十分に愛撫する。

その頃には、藍子は太腿を内股にして、もどかしそうに擦《こす》りあわせていた。

もう、下半身を攻めてもいい頃だ。

富士夫は手をおろしていき、長襦袢の前をはだけて、太腿の奥をとらえた。

柔らかな繊毛《せんもう》の下に、濡れた花芯が息づいていて、ぐちゅりと指が音を立てて狭間《はざま》を割る。

添えただけで、おびただしい蜜が指に粘りついてきて、

「ぁあああぁぁ……！」

藍子がのけぞりながら、喘ぎ声を長く伸ばし、ここが客室であることを思い出したのか、手のひらで口を押さえた。

富士夫は乳首を舌であやしながら、伸ばした手で翳りの底をさすった。

ぷっくりとした肉びらがひろがって、狭間のぬめりがどんどん増してきて、ぬるっ、ぬるっと指がすべる。

膣口《ちつぐち》のあたりを指先でノックするようにして、同時に曲げた親指でクリトリスを刺激してやる。

「ぁあああ、いい……いいの……あうぅぅぅ」

藍子はくぐもった声で昂揚を示し、もっととばかりに下腹部をせりあげて、潤《うる》んだ谷間を擦りつけてくる。

女は感じてくると、羞恥心を捨てて、欲望をあらわにする。

富士夫は、女がベールを脱ぐこの瞬間が好きだ。

イチモツがぐんと力を漲らせる。

挿入《そうにゅう》したくなったが、それを「まだ早い」と抑えつける。

十分に性感が昂ってから挿入しないと、女性はオルガスムスには達しない。これも、当たるを幸いに女性を薙《な》ぎ倒していたときに会得《えとく》した。

富士夫は顔をずらしていき、両手で膝《ひざ》の裏をつかんで開かせた。

白い長襦袢がはらりとめくれて、むっちりとした太腿の奥に台形に繁茂した繊毛が見える。濃い。びっしりと密生しているが、きれいに台形に手入れされていた。

顔を寄せると、甘酸っぱい性器の匂いが鼻孔から忍び込んでくる。その性臭にますますそそられて、狭間をゆっくりと大きく舐めあげる。

ぬるっと舌がすべっていき、

「ぁあん……！」

藍子が艶めかしい声を洩らして、びくっと下腹部を震わせた。

富士夫は両膝を開かせて、狭間を静かに舐めあげながら、様子を見る。

舌がすべるたびに、藍子は「あっ、あっ……」と声をあげる。

クンニされるのが好きらしい。

フェラチオを嫌いな男性がいないのと同じで、女性器を舐められて、感じない女はいないだろう。

尽くされれば、女性も男性も心地よいものだ。

藍子の女性器は小ぶりだが、陰唇《いんしん》はふっくらとして、向かって右側の肉びらが反対側より大きく、舌のようなものがべろんと突き出している。

その左右非対称の陰唇が生々しくて、かえってそそられる。

完璧な女体よりも、どこか変化があったほうが、エロい。

大きいほうの陰唇の内側に丁寧《ていねい》に舌を走らせると、見る見る肉びらが充血してふくらみ、めくれあがって、内部の粘膜が露呈する。

肉びらと狭間の境を舐める。ぬるっ、ぬるっと舌がすべっていき、

「あっ……あっ……あああ、そこ……！」

藍子が身をよじって、身悶《みもだ》えをする。

富士夫は右手を足から放して、片方の陰唇をひろげ、いっそう剝《む》き出しになった粘膜に舌を走らせる。

「あっ……あんっ……ぁあああ、すごい……！」

藍子が声をあげる。

おそらく、陰唇と狭間の境を舐められたことがないのだ。

富士夫は何度も舌を縦に這わせ、それから、大きいほうの陰唇を頬張《ほおば》るように

吸いあげた。ぐにゃっとしたものが口腔《こうこう》に忍び込んできて、

「ぁあああぁ……！」

藍子はここが客室であることも忘れてしまったように大きく喘いで、いやいやと首を左右に振った。

啜りあげながら吐き出し、もう片方の陰唇も同じように吸いあげる。

藍子はもう声をあげることもできないのか、無言でさかんに首を横に振っている。

富士夫は濃いピンクの狭間を舐めあげていき、そのまま、上方のクリトリスを下からぴんっと弾《はじ》く。

「はあぁぁ……！」

びくんと腰を撥《は》ねさせて、藍子がのけぞった。

陰核は上からフードをかぶっているので、下から刺激したほうが感じる。

何度も下から撥ねあげると、藍子はそのたびに腰をがくがくさせて、「あっ、あっ、あっ」と喘ぐ。

その打てば響く反応が、富士夫をかきたてる。

右手の指でくるりと包皮を剝き、珊瑚色《さんごいろ》にぬめ光る真珠をちろちろと舐める。

円を描くようにからみつかせ、素早く舌を上下動し、舌の表と裏で突起を弾いた。

「ぁああ、あうぅぅ……許して……もう、もう、ダメっ……はうぅぅぅ」

藍子は小刻みに腰を上下動させながら、背中を弓なりに反らし、グーンと腰を持ちあげる。

富士夫が縦横無尽に舌を走らせ、狭間とクリトリスをかわいがると、藍子はもう何が何だかわからないといった様子で、腰を撥ねさせ、身をよじる。

「ぁあああ、ぁあああぁぁ……」

と、間断なく、陶酔《とうすい》した声をあげつづけている。

もう準備はととのった。

しかし、その前に富士夫はやってほしいことがある。股間から顔をあげて、

「申し訳ないが、これを口で……」

布団の上に立って、仁王立ちした。

臍《へそ》に向かっていきりたつものをちらりと見て、藍子は緩慢な動作で身体を起こし、富士夫の前に両膝を突いた。長い髪をかきあげて、

「多分、下手だと思います。しばらくしていないので」

富士夫を見あげてくる。

（ああ、やはり、ひさしぶりだったか……）

そう納得しつつ、気持ちを伝えた。

「かまいませんよ。藍子さんがしてくれるだけで、俺はすごくうれしいんですから」

藍子はふっとはにかんで、目を伏せた。

それから、右手で根元をつかみ、おずおずとその硬さを確かめるようにしごき、それがますますギンとしてくると、静かに顔を寄せてきた。

亀頭部《きとうぶ》にちゅっ、ちゅっとキスを浴びせ、鈴口《すずぐち》にちろちろと舌を走らせる。

顔を横向けて、亀頭冠《きとうかん》の出っ張りを舐め、さらに、勃起を腹に押しつけて、裏のほうを根元からツーッ、ツーッと舐めあげてくる。

「くっ……！」

ぞくぞくっと這いあがる快感に、富士夫は唸った。

全然、下手ではない。むしろ、上手い。

流れるような動きを見ていると、とてもひさしぶりとは思えない。

だが、こんなところで偽ってもしようがないのだから、藍子は先天的にフェラチオが達者なのだろう。

「上手いですよ。すごく気持ちいい」

素直に感想を言うと、

「そうですか？」

藍子はちらりと見あげて、肉棹《にくざお》を上から頬張り、チューッと吸いながら、なかで舌をからませてくる。

頬がぺこりと凹《へこ》んでいる。

その状態で藍子はゆっくりと顔を振る。

柔らかな唇が適度な圧力でもって、勃起の表面をすべり動き、なおかつ吸われているので、一気に快感が高まった。

(気持ち良すぎる……！)

その間も、藍子はしなやかな指で根元を握りしめ、きゅっ、きゅっとしごき、同じリズムで唇を往復させる。

もたらされる快感に酔いながら、下を見る。

乱れた黒髪が散って、Ｏの字にひろがった唇が移動するたびに微妙に形を変えている。もろ肌脱ぎになった長襦袢が腰に向かってさがり、あらわになった乳房の先がツンと頭を擡《もた》げている。

たまらなくなった。乱れ髪をかきあげてやると、藍子はちらりと見あげて、恥ずかしそうに目を伏せる。

そのまま、ずりゅっ、ずりゅっと指と唇でしごきたててくるので、富士夫はもうこらえきれなくなった。

4

藍子を真っ白なシーツに這わせ、尻を持ちあげた。

長襦袢の裾をまくりあげると、ハート形のむっちりとした尻が現れ、富士夫は特命の任務を思い出して、太腿の内側を覗《のぞ》く。

透きとおるような内腿は朱《しゅ》がさして、これなら、昇りつめたら、赤い痣《あざ》が浮かびあがってもおかしくはないと思わせた。

切っ先を尻の谷間に沿ってなぞりおろしていく。湿った柔肉《やわにく》が沈み込む箇所があって、そこに狙いをつけて、ゆっくりと打ち込んでいく。

すぐには入っていかなかった。

柔肉の沈み込みを感じながら、ぐっと力を込めると、ようやく、切っ先がとば

口を突破していく確かな感触があって、

「ぁあああぁ……！」

藍子が高いところへとあがっていくような喘ぎを洩らして、シーツを鷲《わし》づかみにした。

（キツい……！）

とても窮屈な肉の道が、ざわめきながらイチモツにからみついてきて、なかへと吸い込まれるようだ。

三十八歳になっても、まったく膣のゆるみはなく、むしろ、膣圧が強い。

（やはり、女性は四十歳前後が身体の最盛期なのだろうな）

二十代の女性など、まだまだ「ひよっこ」なのだ。

ほどよくくびれたウエストをつかみ寄せて、ゆっくりと腰をつかう。

まったりとした膣粘膜が行き来するイチモツにからみつき、ひどく具合がいい。浅いところを意識的に突いていると、

「ぁあああ、ああああん……」

藍子がもっと深いところにとばかりに、自分から腰を突き出してきた。

（そうか、Gスポットよりもポルチオか……）

Ｇスポットはクリトリスに繋がり、ポルチオは子宮に直結している。

若い女性の多くはクリトリスでイクから、膣の感覚としてはＧスポットが性感帯となる。年齢を重ねるにつれて、子宮で感じるようになり、ポルチオでイケるようになるのだろう。

子供を産んだ女性は、なおさら子宮感覚が発達して、ポルチオが強い性感帯と化す。

浅瀬で行き来させておいて、いきなり、ドンッと奥に叩き込む。切っ先が子宮口にぶち当たって、

「うはぁああ……！」

藍子がのけぞり返った。

がくん、がくんとまるで気を遣《や》ったように、震えている。

富士夫は三浅一深《さんせんいっしん》を繰り返した。

「ぁああああ、あんっ……ぁああああ、あんっ！」

と、藍子は大きな声を洩らして、シーツを皺《しわ》が寄るほど握りしめる。

ポルチオは突くより、捏《こ》ねたほうがいい。

富士夫は腰を引き寄せて、深いところに切っ先を届かせると、腰を振って、ぐ

りぐりとポルチオを捏ねてやる。

富士夫のイチモツはそれほど長くはないので、簡単ではない。

ぐいっと下腹部を突き出す。小刻みなストロークで、腰をまわすようにして、切っ先でそれらしきところを擦った。

と、藍子の気配が変わった。

「ぁあああ……あああああ……いいんです。そこ、いいんです……ぁああああ、ああうぅぅ」

そう喘ぎながら、自分から腰を後ろに突き出して、ぐいぐいと押しつけてくる。

(イクんじゃないか……？)

だが、富士夫も快感が溜まってきて、思わず鋭くストロークをしていた。

藍子がおずおずと右手を後ろに伸ばしてきたので、こうしてほしいのだろうと思って、その腕をつかみ、引き寄せた。

その状態で激しく屹立《きつりつ》を叩き込み、ぐりぐりと切っ先を擦りつける。

「あんっ、あんっ、あんっ……ぁあああ、許して、もうダメっ！」

藍子が訴えてくる。

「イッていいんですよ」

つづけざまに深いところに打ち込んだとき、

「あっ……！」

藍子ががくがくっと震えながら、前に突っ伏していった。

結合が外れて、藍子はうつ伏せになって、小刻みに痙攣している。

（気を遣ったのか？）

富士夫はその尻を少し持ちあげさせて、太腿の内側を覗き込む。

尻たぶの谷間のアヌスの窄《すぼ》まりがひくついていた。その下で恥肉が内部の鮭紅色をのぞかせて、ぬめ光っている。

内腿はじっとりと汗ばんで、根元のほうに朱がさしているものの、蝶の模様は浮かびあがっていない。

（違うのか？）

しかし、藍子が深いオルガスムスに達していないという可能性だってある。

オルガスムスだって、段階があるはずだ。

（まだ、わからないぞ……）

富士夫は藍子を仰向けにさせて、膝をすくいあげる。

翳りの底に切っ先を押し当てて、慎重に押し込んでいく。

今度はさほど強い抵抗もなく、切っ先が潜り込んでいき、

「あうぅ……！」

藍子が顎を突きあげる。

白い長襦袢がめくれあがって、腹にかかり、上半身ではお椀形の乳房がその重さでひしゃげながらも、ツンと先を尖《とが》らせ、富士夫が腰をつかうたびに、ぶるるん、ぶるるんと縦揺れする。

膝の裏をつかんで、押しあげながら、徐々にストロークのピッチをあげると、

「あっ、あっ、あっ……！」

藍子は喘ぎをスタッカートさせ、手の甲を口に添えて、必死に声を押し殺す。

つやつやの黒髪が枕に扇状に散り、その中心でととのった顔が快楽にゆがんでいる。まったりとした肉襞《にくひだ》が勃起にからみついてきて、富士夫は精液を放ちそうになって、ぐっとこらえる。

まだだ。藍子を完全にイカせるまで、射精してはならない――。

藍子は奥を突かれたほうが感じる。

（こういうときは……）

富士夫は藍子の身体を斜めにして、片方の足をつかんだ。

こうすると、屹立が深いところに嵌《は》まり込む。

藍子は尻をこちらに向けて、上になったほうの足を曲げながら、

「ぁあああ……奥まで届いてる……あんっ、あんっ、ぁあああうぅ……苦しい」

半身になって、シーツを鷲づかみにする。

「気持ちいいでしょ？」

「はい……奥に、奥に当たっています」

すっきりした眉《まゆ》を八の字に折って、富士夫を見あげた。

身体をねじったその姿勢がたまらなくエロチックだ。ぐいぐいと打ち込んでいくと、膣粘膜が締まって、屹立を奥へ奥へと手繰《たぐ》りよせようとする。

富士夫は脇腹をツーッ、ツーッとフェザータッチで撫でる。すると、

「あっ、あっ……」

藍子が身体をのけぞらせた。

その瞬間に、膣がびくびくっと締まって、肉棹を吸い込もうとする。

（ああ、出そうだ……！）

奥歯を食いしばって、放出を耐えた。

だが、この体位では、どうあがいても放ってしまいそうだ。

(どうする……?)

富士夫は体位を戻して、覆いかぶさっていき、乳房を揉んだ。たわわなふくらみを揉みしだき、乳首を指で挟んで転がした。そうしながら、ぐいぐいと打ち込んでいくと、

「ぁあああ、ああうぅぅ……ダメっ、イキそう。イキそうなの」

藍子がとろんとした目を向けて、富士夫を潤んだ瞳で見た。

「いいんですよ、イッて……そうら……」

腕立て伏せの形で腰を躍らせた。

すると、藍子は自ら足を富士夫の腰にからめて、腰の位置を持ちあげ、

「あん、あんっ、あんっ……」

たわわな乳房を豪快に揺らしながら、富士夫の肩をつかんだ。

足を大きく開いて、屹立を深いところに導きながら、富士夫の肩にすがりつくようにして、顎をせりあげた。

「ぁあああ、イキます……くううぅ」

「いいですよ。イッていいですよ」

「あんっ、あんっ、あんっ……」

藍子は富士夫を潤みきった目で見あげてくる。

「おぉぅ……！」

吼《ほ》えながら、富士夫は最後の力を振り絞って、打ち据《す》えた。

ジュブッ、ジュブッと屹立が濡れた膣を出入りする音が響き、

「イク、イク、イッちゃう……！」

藍子がさしせまった様子で言う。

「イケ、イッてくれ！」

富士夫が奥まで届かせて、ぐいと捏ねたとき、

「はう……！」

藍子がのけぞり返って、両手でシーツをつかんだ。

がくん、がくんと躍りあがるのを見て、富士夫も欲望を解き放つ。

「くっ……！」

熱い溶岩がほとばしり、富士夫は射精の快楽に身を任せた。

体がねじ切れるような峻烈《しゅんれつ》な絶頂感に襲われて、放ちながら、腰を震わせていた。

放ち終えて、富士夫はその余韻《よいん》にひたる間もなく、結合を外した。

そして、藍子の左太腿の内側を見る。

まだ閉まりきらない膣がどろりとした粘液を吐き出し、鼠蹊部《そけいぶ》に流れ落ちる。

内腿は汗ばんで、桜色に染まっていた。

だが、赤い模様は浮き出ていない。

（ダメか……）

藍子は確実に絶頂に昇りつめた。なのに……。

がっくりと肩が落ちた。

「どうかなさったんですか？」

オルガスムスから回復した藍子が、不思議そうに見つめてくる。

「いや、いいんです」

富士夫は隣にごろんと横になった。すると、藍子がにじり寄ってきたので、腕枕をする。

「恥ずかしいわ。こんなになって……」

藍子が胸板をなぞってくる。

富士夫はもっとも訊きたいことを口にした。

「ところで、妙なことを訊くようだけど、娘さんのお父さんはどんな方だったの？」

「……ほんとは話したくないんだけど、漁師だったんですよ。小木港で漁師をやっていて」

「今は？」

「今は、漁師をやめて、新潟市の工場で働いています」

富士夫はもっと知りたくなって、訊いた。

「……どうして別れたんですか？」

「それが……すごい大酒呑みで……漁師って、漁に出られないときには、やることがないから、どうしてもお酒を……酒乱だったから、娘のためにも別れたんです。娘が生まれてすぐだったから、大変でした」

昔のことを思い出したのか、藍子が言った。

「もう、あの人のことは考えたくないんです。今は、娘のことだけ……ちゃんと育ってほしい。それだけ……」

藍子が汗ばんだ手で、胸板を撫でてくる。

細部にもリアリティがあるから、藍子の話は事実だろう。

がっくりきた。しかし、最初から当たりクジを引く確率は高くない。そんなことは、わかっている。

「そうか……それには、まずは番頭さんとのことだね」

「ええ……」

「上手く解決できるといいね」

「ええ……」

藍子が胸板に顔を乗せて、ちゅっ、ちゅっと乳首にキスをしたので、下腹部のものがまた力を漲らせてきた。

第三章　たらい舟の女

1

仲居頭の長谷川藍子は愛撫に応え、特命任務を忘れるほどに、寺脇富士夫も燃えた。

藍子が『アカネ』でなかったのは残念だが、この特命のお蔭であんないい思いを体験できたのだから……。

そう自分を叱咤《しった》して、富士夫は翌日、S旅館から近い小木港へと向かった。

小木港は、江戸時代には佐渡金山《さどきんざん》で採掘した金銀の輸送で賑わっていたが、今は両津港《りょうつこう》に主役の座を譲っている。

それでも、高速フェリーの発着点であり、漁港としても栄えている。

富士夫がこの港に来たのは、ここで行われている観光客用のたらい舟の漕ぎ手の一人が、『アカネ』の候補としてリストアップされていたからだ。

高橋千鶴《たかはしちづる》と言い、三十九歳の人妻である。

五年前に結婚しているが、十四歳の娘がいる。

会長の子供を産んだ千鶴がしばらく女手ひとつで育て、五年前にいい人がいて結婚したと考えれば、条件的にはぴたりと合う。

小木港の入り江の一角に、小さな桟橋《さんばし》があって、その入口に『たらい舟のりば』と記されたアーチがかかっていた。

富士夫は一回五百円のチケットを買い、桟橋の先のたらい舟乗り場に移動する。

潮の匂いが濃くなり、遠くから見ただけではわからなかったが、意外に波がうねっていることに気づく。

ちょうど、何艘かのたらい舟が帰ってきたところで、客が降り、新しい客が乗り込む。

調査した興信所から、高橋千鶴の写真が届いていて、その写真をスマホで見ながら、戻ってきた漕ぎ手のなかから、千鶴をさがす。

漕ぎ手は編笠《あみがさ》をかぶっているので、うつむいていては顔が見えない。

だが、今は彼女たちが桟橋を見ているから、だいたいの顔はわかる。

ずっと見渡していると……。

いた！

写真の女がたらい舟を漕ぐ手を休めて、桟橋を見あげていた。

（ほお、美人だな……！）

写真よりずっと、ととのった顔をしていて、客を見る笑顔が愛らしい。三十九歳だが、もっと若く見える。もっとも、編笠をかぶると女性はみんなきれいに見えるから、気のせいかもしれないのだが……。

係の人に、「あのたらい舟に乗りたい」と無理を言ってお願いし、ひとりで乗り込んだ。

他のたらい舟は二、三人を乗せているが、他に人がいては、訊《き》きたいことも訊けない。

たらい舟は、ゆっくりと桟橋を離れて、内海に漕ぎだす。

二メートル弱の楕円形《だえんけい》のたらい舟は想像していたよりも大きく、意外に安定感がある。これなら、まず転覆することはないだろう。

乗船前に抱いていた不安が消えていく。

前で女性の漕ぎ手が櫂《かい》を漕ぐので、後ろに乗っている富士夫は、その後ろ姿を見ることになる。

高橋千鶴は、絣《かすり》の着物を着て、紺色のモンペを穿《は》いていた。深くかぶった編笠の後ろには、髪を覆《おお》う模様の入った手拭いが垂れている。黄色い小幅の帯をかわいらしく締め、白い前掛けをかけて、濡れないように、小さな長靴を履《は》いていた。

ところどころに赤と紺が使われた、とてもチャーミングなユニホームだ。

それ以上に、富士夫は漕ぎ手である千鶴の微妙な腰づかいに、見とれてしまった。

舳先《へさき》の部分で、長いシャモジのような櫂を右に左に動かしながら、たらい舟を進めるのだが、その度に千鶴の身体も右に左に揺れて、六十年代に流行《はや》ったツイストを見ているようだ。

櫂を漕ぐために、体重移動をする。その際に、尻も揺れて、その腰のねじれがどこかセックスを連想させる。

しかも、千鶴はさすが人妻という感じで、丸々としていて、むっちりとした、大きな尻だ。

富士夫は千鶴が騎乗位で腰を振る姿をついつい想像してしまう。

（バカ！　何を考えているんだ。まずは、親しくなるための会話と情報収集だろう！）

自分を叱責《しっせき》する。

総務部に飛ばされてから、性欲はすっかり影をひそめていたが、会長秘書の葉山紗江子と仲居頭の藍子を抱いたせいで、眠っていた男の欲望が目覚めてしまったようだ。

富士夫を乗せた舟は、五艘ほどのたらい舟の先頭を走っているから、千鶴は漕ぐ力が強いのだろう。海風がヒューヒューと音を立てて通りすぎていく。

波はあるが、たらい舟は思ったより揺れずに、静かに波間を進んでいく。

一回の乗船は十分未満で終わると聞いている。急ぎたい。

「あの、たらい舟でも、昔は漁をしていたんですか？」

話しかけた。

「江戸時代に地震があって、その影響でここは岩礁《がんしょう》と入り江が多い、複雑な地形になりました。それで、普通の舟では漁が難しくなって、小さくて座礁しない舟として、洗濯桶を改良したたらい舟が使われたんです。アワビやサザエ、ワカメなどをとっていました。今も、箱メガネで水中を覗《のぞ》きながらする磯《いそ》ねぎ漁として細々とつづいているんですよ。でも、高齢化が進んでいて、これからどうなるかわかりませんね。今は観光用として、みなさまに愛されています」

マニュアルができているのだろう、千鶴が立て板に水を流すように解説してくれる。

その間も、千鶴はきこきこと櫂を操《あやつ》って、腰を振っている。

上半身に較べ、下半身が発達している。

毎日のようにたらい舟を漕いでいるのだから、セックスしたら、あそこの締めつけ具合は最高だろう。

「……失礼ですが、お名前は？」

「……高橋千鶴です。あとで、この舟を撮った写真が掲示されますから、よかったら記念にご購入してください」

「必ず買います……あの、千鶴さんはもう何年も漕いでいらっしゃるんですか？」

「そうですね……三十過ぎてからはじめましたから、もう、八、九年になります」

千鶴は無警戒に何でも喋ってくれる。

「俺は寺脇富士夫と言って、ある企業に勤めていて、土地の調査でこの島にいます。しばらく滞在することになると思います」

「そうですか……でしたら、気が向いたときに、また乗ってください」

「はい、そうします。高橋千鶴さんという名前は覚えましたから、そのときは指名させていただきます」

「ふふっ……指名制はないんですよ」

「では、俺が勝手に千鶴さんの舟に乗り込みますから」

千鶴は無言で、櫂を操る。

その間も、紺色のモンペに包まれた安定した尻が右に左に揺れて、

（たらい舟の上で、立ちマンでバックからできるんだろうか？）

などと、バカなことを妄想してしまう。

たらい舟は波の静かな内海だけを進み、湾の外には出ない。

桟橋に着くと、富士夫は「また、来ます」と愛嬌《あいきよう》を振りまいて、たらい舟を降りた。


富士夫は他の候補の調査をしながらも、翌日、翌々日と小木港に通い、千鶴のたらい舟に乗った。

さすがに三日つづけて、同じたらい舟に乗った者はいないようで、千鶴はびっくりしていたが、親しみも湧《わ》くのか、富士夫に個人的なことを訊ねたり、中学生の娘のことを話したりした。

三回目の乗船が終わろうとしたときに、富士夫は思い切って、誘ってみた。

「あの……陸《おか》で一度、逢っていただけませんか。ちょっと、ご相談したいこともありますし……」

「わたし、結婚して娘もいるんですよ。それはちょっと困ります」

櫂を操りながら、千鶴が言う。

さすがに、がくっときた。

「……そうですか。すみません」

富士夫は肩を落として、陸にあがる。

一日中悩んだ。しかし、ここは押すしかない。

そういう結論に達して、四日目も千鶴のたらい舟に乗った。千鶴はさすがに呆れたような顔をしていた。

その日は誘わずに、翌日も千鶴のたらい舟に乗った。

降りる前にもう一度切り出した。

「あの……ぜひ、陸で逢ってください。どうしても、あなたとデートをしたいんです」

千鶴は少しの間、無言だったが、たらい舟が桟橋に着く直前にこう言った。

「負けました……いいですよ。でも、一度だけですよ」

「やった！　いつ逢っていただけますか？」

「……明日は休みですから、午後なら……」

千鶴が振り返った。編笠の下の顔が微笑《ほほえ》んでいるように見えた。

「あの……できたら、宿根木《しゅくねぎ》の町を案内していただきたいんですが」

「よろしいですよ。あそこはわたしも好きな場所ですから」

千鶴が今度は明確に白い歯を見せた。

2

翌日、富士夫は宿根木町並み案内所の前で、千鶴と待ち合わせた。

小木港から西に少し行ったところにある宿根木は、かつて北前船《きたまえぶね》で栄えた集落だ。船大工や船主の家が残るノスタルジックな町並みで、現在も旅行客の多くが訪れる佐渡島の名所である。

富士夫も以前にテレビで見たことがあって、佐渡島に来たら、ぜひ訪れてみたいと思っていた。

地元の女性に案内してもらえるのだから、これはうれしい。

約束の時間ぴったりに現れた千鶴はフィットタイプのニットを着て、スキニーパンツを穿いていた。

自分のボディをよく知っている衣服のチョイスだと感心した。

たらい舟に乗っているときはわからなかったが、どちらかと言うと小柄で、全体的にはむちむちしている。

ニットを大きな胸のふくらみが押しあげ、ぴったりのズボンが満月のようにふくらんだヒップの形を浮かびあがらせていた。

ミドルレングスのさらさらした髪が、各部分の配置が素晴らしくととのった小顔によく似合っている。

「お若いですね」

言うと、

「恥《は》ずかしいわ。わたし、お尻が大きいから、ほんとうはスキニーパンツは恥ずかしいんですよ」

千鶴がはにかんだ。

「いやいや、よく似合っていますよ。ヒップがとてもセクシーです。それに、とにかく、お若い」

日に焼けた肌は健康的に張りつめ、顔に愛嬌があるせいか、とても三十九歳には見えない。

藍子もそうだった。現在のアラフォー世代の女性は、本人の心がけ次第では、もっとも魅力的に自己演出できる年代なのだろう。

「すみません。お子さんやご主人は大丈夫ですか？」

気になっていたことを訊ねた。

「ええ。じつは、主人は役場に勤めていて、今日も定時に帰ってきますから、中学から帰ってきた娘の面倒を見てもらえます。夕食は作ってあるので、温めればいいだけですので」

千鶴がさらっと言った。

まず頭に叩き込むのは、千鶴の夫が役場に勤めているということだ。

五年前に結婚したと言うから、夫の職業が何であろうと、さほど問題はない。

それよりも、千鶴は今晩は遅くまでつきあえるということを言いたかったのではないか……いや、違う。たんに、気をつかわなくてもいいということを、富士夫に伝えたかったのではないか――。

千鶴が先に立って、歩きはじめる。

集落の入口は、隙間のない竹の柵で覆われていた。

「風垣《かざがき》と言って、海風から村を護るために作られたものなんですよ」

千鶴が説明してくれる。

なるほど、こうやっていっさい人工的な物を使わずに町並みを作っているから、この見るからに質素で純朴な景観ができるのだろう。

入口からしばらくは、世捨小路《よすてこうじ》と呼ばれる石畳の路地がつづくが、なぜこの名前がつけられたのかはわからないらしい。

当時、船大工や船主は、言ってみれば花形の職業であったはずで、世を捨てる理由などないはずだと言う。

しばらく歩くと、細い路地の両側に、総板張りの二階建ての民家がびっしりと並んで建っていた。

「サヤと言って、船に使ったスギの板を縦に張って、家を海風や塩害から護っているんです。今は条例で、この板を使わない家を建てるのは禁止されています。

ここは国の建造物保存地域に指定されていますから」

千鶴はすらすらと案内してくれる。

たらい舟の説明を受けたときにも感じたのだが、記憶力がいい。

そのデカい尻を見ていて、肉体派かと思ったが、頭もいいようだ。

(若い頃はもっと、ぴちぴちしていただろうし、この利発さ……熊島会長が惚れ込んだとしても、不思議じゃないな)

千鶴は町並みをまわりながら、屋根が、『石置き木羽《こば》葺《ぶ》き屋根』という造りであることなどを、丁寧《ていねい》に教えてくれる。

大正時代に建てられたという洋風の郵便局を見て、船主の邸宅や船大工の家を過ぎてしばらく行くと、角に、『塩』という小さな看板のある三角の家が建っていた。

「ああ、これは見たことがあります。吉永小百合《よしながさゆり》さんがこの前に立っている、JR東日本《ひがしにほん》のポスターがありましたね」

嬉々として言うと、

「ありましたね。ここはいちばんの撮影スポットになっているんですよ……映えるところとして人気があります。寺脇さんも撮られますか？」

「できたら……」

スマホを渡すと、千鶴は三角の家の前に立つ富士夫を撮ってくれた。

「二人で一緒のところを」

ツーショットを撮ろうとしたが、

「いえ、けっこうです」

と、断られた。やはり、人妻である。無闇に男とのツーショットを残したくないのだろう。

そのタイムスリップしたような宿根木の集落の散歩を終える頃には、暗くなりはじめていた。

「愉《たの》しかった。とても勉強になりました。お腹も空いてきたし、お礼にどこか居酒屋にでも行きませんか？」

富士夫はさりげなく誘ってみた。

「でも、このへんには居酒屋がないんですよ」

千鶴がいかにも申し訳なさそうな顔をした。

「そうですか……どうしましょうかね」

とっさに思いついた。これはある意味、神様がくださったチャンスだ。

「もし、よろしかったら、俺が泊まっている旅館の近くに、お酒の呑《の》める料理屋があるんですが、行きませんか？　タクシーですぐですし……」

「でも……」

「大丈夫ですよ。時間が来たら、必ず帰しますから」

「……わかりました。それなら……」

千鶴が上目づかいで、うなずく。

案内所でタクシーを呼んでもらい、しばらくして来たタクシーに二人で乗り込んだ。

十五分ほどで到着して、二人は料理屋に入っていく。

以前にランチを摂《と》ったことのある狭い店だが、海の幸が豊富で味も雰囲気もいい。

カウンターでは、込み入った話はできない。

千鶴も夫ではない男と一緒にいるのを見られるのは、いやだろう。そう思って、奥の人目につきにくい桟敷席《さじきせき》を選んだ。

佐渡の地酒と、新鮮な刺身や魚料理を頼む。

佐渡は米どころであり、したがって、酒造りも盛んである。

地元の人妻と、米の味がする濃い日本酒を呑み、つまみに刺身を口に運んでいると、幸せな気分になる。

佐渡島生まれで佐渡島育ちの千鶴も、酒が好きなようだった。

一度、席を立って、どこかに電話をしていたが、それ以降はリラックスしたようで、酒が進む。

おそらく、家に電話を入れて、夫と娘が無事に帰宅していることを確認し、今夜はつきあいで遅くなるからとでも伝えて、自分も安心したのだろう。

酔うほどに、千鶴は色っぽくなった。

もともと愛嬌はあったが、ととのった小顔が徐々に変わり、目がとろんとしてきて、唇が開き、女の色香が匂いたつ。

「五日つづけて、たらい舟に乗っていただいたのは、寺脇さんが初めてです。その執念に負けました」

そう言って、しどけなく身体を傾け、潤《うる》んだ瞳で富士夫を見る。

ドキッとした。

座卓の上に出ている、ニットを突きあげた形のいい胸のふくらみに視線が吸い寄せられる。視線をあわてて戻し、

「ほら、こうやってツーショットの写真も、五枚持っています。全部、買いましたから」

と、バッグから、たらい舟の記念写真を五枚取り出して、見せた。

「あらっ……」

千鶴はそれを見て、

「高かったでしょ。一枚、二千幾らのはずだから。こんな方も初めて……」

酔いで潤んだ瞳を輝かせる。

「最初に、千鶴さんを見たときから、ガーンとして……娘さんのいらっしゃる人妻だと知って、迷いましたが、ここは気持ちに素直になろうと……すみません、かえって迷惑をかけてしまいましたね」

「そんなことはないです……どうぞ」

千鶴は熱燗《あつかん》の徳利《とつくり》を持って、勧めてくる。

ぐい呑みにやや黄色に光る酒を注《つ》いでもらい、それをぐっと呑み干した。

「千鶴さんも……」

熱燗を注ぐと、千鶴も負けじとぐい呑みを傾ける。

富士夫はもう少し千鶴の現状をさぐりたくて、切り出した。

「あの……ご主人は役場に勤めているんですよね」

「ええ……もう五十一歳になるんですよ。娘も我が子同然にかわいがってくれますし、とてもいい人なんですが……」

千鶴がちらりと上目づかいで、富士夫を見た。

そのあとに、出そうになった言葉を飲み込むのがわかった。

何を言いたかったのだろうか。「いい人なんですが……」とネガティブな言葉を口にしたのだから、その後は何か不満を言いたかったのだろう。

(何だろう?)

いい人なのだが、気が弱すぎるとか、男性的な力強さがないとか……。いい人なのだが、もう歳だし、あっちのほうが弱くて、わたしの身体は満たされていないとか……。

わからない。だが、多分、それに類したことだろう。

「じつは、俺はバツイチでして……。もう、長い間、右手が恋人なんですよ……ああ、すみません」

富士夫は冗談めかして言って、暗に自分が独身であり、恋人もいないことをアピールする。仮にセックスをするにしても、妻子持ちより、独身男のほうが気が楽だろう。

「そうなんですか……？」

千鶴の瞳がきらっと光ったように見えた。

「はい。バリバリの独身、四十五歳です」

「離婚、されたんですね」

千鶴が食いついてきた。

「ええ……じつは、勤務先であまりやりたくない仕事をやらされて、すっかり気が滅入《めい》ってしまって……それで、妻との間も上手くいかなくなって。ああ、子供ができなかったので、それが救いと言えば、救いでした」

千鶴が同情するような目を向けてきた。

女性には母性本能があるから、多少、同情してもらったほうが、感情移入しやすくなって、距離が縮まるはずだ。

ここで、もうひとさぐりしてみた。

「娘さんが中学生だと聞きましたが……」

「そうなんですよ。一応、勉強のほうはできるんですが、スポーツがまったくダメで、運動音痴で困っています」

千鶴が苦笑した。

（うん、待てよ。そう言えば、熊島会長は重機の操縦が下手くそだという話を聞いたことがある。それに、社員への訓話のなかで、自分は小さい頃、足が遅くて、運動会ではいつもビリで、そのコンプレックスをバネにして、学業を頑張った、と言っていたな）

運動神経は子供に伝わるとの説もあるようだから、会長の運動音痴が千鶴の娘に遺伝したとも大いに考えられる。千鶴本人はあの漕ぐ技術から推《お》して、運動神経はいいはずだ。

だったら、とその気になって、ついつい、切り込んでいた。

「随分とお若い頃に、娘さんをお産みになられたんですね」

「……いろいろとあったんです」

千鶴がちらっと上目づかいに見て、口を噤《つぐ》んだ。

言葉を濁すところが、いかにも怪しい。

候補者は五人だから、二番目にビンゴとなる可能性だって、かなりの確率であるはずだ。

俄然、やる気になってきた。

「すみません。いやなことを思い出させたのかもしれない。今夜はどんどん呑んで、食べてください。大丈夫です。会社の経費で落ちますから」

実際そうだが、それを告げると、

「じゃあ、もう一本、頼みましょうか」

千鶴が白い歯を見せた。

真っ白な歯が、日に焼けた顔に映える。お銚子が来て、それを空けていると、

「ちょっと、お手洗いに……」

千鶴がトイレに立つ。

その後ろ姿を見たが、スキニーパンツが丸々として、むっちりとした形のいい尻を際立てて、思わず触りたくなる。しばらくして、

（今、パンツをおろし、むちむちの尻を剝《む》き出しにして、オシッコをしているんだろうな）

その姿を想像するだけで、股間のものが疼《うず》いた。

だが、千鶴はいつまで経っても帰ってこない。

（どうしたんだろう？）

心配になって、トイレのほうに向かう。トイレに近い通路で千鶴が両手を壁に

突き、身体を支えて、苦しそうにしていた。

尻を後ろに突き出しているので、パンツをぱつぱつに張りつめさせた、大きな臀部《でんぶ》の丸みがいっそう強調されている。

その発達した尻に、ごくりと生唾を呑んだ。立ちマンでバックから嵌《は》めている姿を想像してしまい、股間のものが一気にいきりたつ。

「大丈夫ですか？」

後ろから声をかけた。

「ええ、すみません。こんなに呑んだのはひさしぶりだから……」

「いけませんね。しばらく、桟敷席で休んだらいい」

そう言って、後ろから肩に手を添えたとき、ズボンのふくらみが偶然、尻たぶに触れて、そのぶわんとした豊かな弾力が伝わってきた。

勃起《ぼっき》が尻を突く形になり、千鶴は振り返って、ズボンの股間に目をやる。

ハッとしたように口に手を当て、一瞬、凍りついた。

「ああ、すみません」

謝って股間を手で押さえた。

千鶴は周囲を見渡して人目がないのを確かめた。潤んだ瞳がきらっと光った次の瞬間、千鶴は富士夫を通路の壁に押しつけて、片手をそばの壁に突いた。

いわゆる壁ドンだった。

壁ドンされたのは、もちろん初めてだ。

千鶴のほうが背は低いので、さほど威圧感はない。しかし、酔いで周囲がほんのり朱《しゅ》に染まった目は、ぎらぎらと女の欲望をたたえ、フィットしたニットを持ちあげた巨乳がせまってきて、ドキドキしてしまう。

次の瞬間、千鶴の手がズボンの股間に伸びた。

ぐっと下半身を寄せ、周りから見えないようにして、イチモツを撫《な》でさすってくる。

いきりたっているものを、ズボン越しに睾丸《こうがん》から撫であげ、浮き出た円柱をつかんでしごきながら、酔いで赤くなった目でまっすぐに見つめてくる。

（おっ、あ……おおぅ……！）

千鶴の豹変《ひょうへん》に戸惑いつつも、富士夫はいまだかつて味わったことのない衝撃に我を忘れた。

きょろきょろと周囲を見まわしたが、幸いトイレに立つ人はいない。

正面に向き直ったとき、千鶴が顔を寄せてきた。

小ぶりでふっくらした唇を重ねられ、股間のものを情熱的にさすりあげられると、富士夫も自制心が利《き》かなくなった。

ぎゅっと千鶴の背中を抱きしめ、その手をおろしていき、尻たぶをつかんだ。スキニーパンツの上から豊かな尻たぶに指を食い込ませると、

「んっ……！」

千鶴がくぐもった声を洩《も》らした。

一気にキスが情熱的なものに変わり、富士夫もこれ幸いと尻を撫でまわす。やはり、大きい。圧倒的な量感がある。乳房よりも硬く、手のひらを押し返してくるその反発力がこたえられない。

下腹部のものはますますギンとして、暴れたがっている。

キスを終えて、富士夫は耳元で囁《ささや》いた。

「旅館に行きましょう。ここからすぐですから」

千鶴が耳元を真っ赤に染めながら、小さくうなずいた。

3

富士夫は長谷川藍子のケータイに連絡を入れて、こっそりと勝手口から入れて

もらった。

狭い島である。とくに、S旅館と小木港は近いから、人妻の千鶴が酔った状態で、自分のような者の部屋に一緒に入るのを人に見られて、ウワサにでもなったらマズいだろう。

じつは、藍子が『アカネ』ではないことが証明され、先日、富士夫は佐渡島に来た理由を話した。

藍子は、『そういうことだったのね』とうなずき、協力を惜しまないと言ってくれた。

藍子が襲われてすぐに、旅館の女将《おかみ》に直接届くアンケート用紙に、『番頭の小宮さんが仲居頭の長谷川藍子さんにセクハラをする現場を目撃した。宿直室で、いやがる仲居頭を押し倒そうとしていた』と書き込んで回収箱に放り込んでおいた。

その後、藍子は女将に呼び出されて、事実を明らかにし、小宮も女将に大目玉を食らい、以後、藍子に対するセクハラがあったときは、この旅館を即刻辞めてもらうときつく言い渡されたのだと言う。

それ以降、小宮の迷惑行為はぱたりとやみ、それへの感謝の意味も込めて、藍子は協力を誓ってくれたのだ。

二人を勝手口から入れた藍子は、高橋千鶴を見て、

「アカネさん候補の方ね」

と、こっそりと耳打ちしてきたので、

「よろしく頼みます」

と、富士夫も返した。

足元のふらつく千鶴を、二階の客室まで連れていく。

「もう、ダメ……完全に酔っぱらったみたい」

和室に入るなり、千鶴は敷かれてあった布団に座り込んだ。

酔った人妻が足を崩して、頭を垂れているしどけない姿に、富士夫は大いにそそられる。

ニットに手をかけて、頭から脱がすと、紺色の刺しゅう付きブラジャーに包まれた乳房があらわになった。

丸々としたふくらみがせめぎあうように寄っている中心の谷間に、視線を引き寄せられる。

苦労して、後ろのホックを外した。ブラジャーを肩から抜き取ると、ぶるんと

ナマ乳がこぼれでた。

丸々とした、Eカップはあろうかという巨乳は、やや上方に乳首がツンと突き出す、男をそそる砲弾形だった。

娘を育てても、いまだ素晴らしい形を保っている乳房に感心した。

酔っていても羞恥心《しゅうちしん》はあるようで、千鶴が胸を手で隠しながら、横臥《おうが》した。

後ろに突き出された豊かなヒップに見とれながらも、スキニーパンツに手をかけて、苦労しながら剝きおろしていく。

ぱつぱつのスキニーパンツがさがっていき、紺色の細い紐が食い込んだヒップが現れた。

下着のラインが出るのを恐れて、Tバックにしたのだろうが、それにしても、エロすぎた。

丸々としているが、きゅんと吊《つ》りあがった尻がほぼ全部見えている。

(すごい、すごい！)

童貞のように歓喜しながら、スキニーパンツを足先から抜き取った。

酔って自制心を失くしているのか、千鶴はなすがままだ。

富士夫は急いで、服を脱ぎ、素っ裸になった。

千鶴の後ろにぴたりと張りつき、いきりたつものを押しつけながら、背後から胸のふくらみを揉《も》み、ミドルレングスのさらさらした髪の襟足《えりあし》に、ちゅっ、ちゅっとキスをする。

「んっ……んっ……！」

千鶴はがくっがくっと敏感に応える。

首すじを舐《な》めながら、抱え込むようにして、乳房を柔らかく揉み、硬くなってきたとわかる乳首を、触れるかどうかのフェザータッチで攻めると、

「あっ……あっ……ぁあああ、いやいや……」

千鶴が揺れながら、尻を後ろにぐいぐいとせりだす。

富士夫の勃起が尻たぶや狭間《はざま》を突く。すると、千鶴はそれが恋しいとばかりに、ますます尻を擦《こす》りつけてくる。

（やはり、ご主人はいい人だけど、公務員で五十一歳というお歳だし、あまりセックスをしないんだろうな）

富士夫はそう勝手に決め込む。

（よし、まずはあれだな。葉山紗江子を攻略した方法で……）

千鶴を腹這《はらば》いにさせて、肩から背中にかけて、ちゅっ、ちゅっとキスの雨を降

らせ、それから、舐めあげる。

肩甲骨《けんこうこつ》の真ん中にツーッ、ツーッと舌を走らせると、

「ぁあああ、これ……！」

千鶴はびっくりしながらも感じている様子で、肩甲骨をぎゅっと寄せる。

深くなった谷間を舌をいっぱいに伸ばして、舐めあげていき、そのまま、襟足へと舌を這《は》わせていく。

「ぁあああぁぁ……！」

千鶴は喘《あえ》ぎを長く伸ばして、のけぞる。

ほぼ毎日、櫂を操っているせいか、肩や背中にも適度に筋肉がついていて、そのしなやかな筋肉をさすっていると、手まで気持ちいい。

富士夫は背筋に沿って、静かに舐めおろしていく。舌が腰骨あたりに来ると、

「ぁあぅぅ……」

千鶴はのけぞりながら、顔の下の枕を両側から抱きしめた。

持ちあがったふっくらとしたヒップの曲線が、セクシーこの上ない。

ウエストと双臀《そうでん》の深い渓谷に、紺色のラインがT字に走って、適度にくびれたウエストの細さと、そこから急激に盛りあがっていくヒップの丸みを強調してい

た。

双臀の谷間に沿って、横にした四本の指でスーッ、スーッと掃《は》くようになぞると、

「はぁあああ……！」

千鶴は息を大きく吸い込みながら、尻をぎゅうと窄《すぼ》める。それから、もっとしてとでも言うように、力を抜き、ぐぐっ、ぐぐっとせりあげる。

尻が持ちあがって、Tバックの基底部が見えた。

股布がぴたりと恥肉に張りついて、陰唇《いんしん》の間に食い込み、ふっくらとした肉土手が幾本かの繊毛《せんもう》とともにはみだしている。

そして、基底部の一部には愛液がティアドロップ形に沁みでていた。

（ああ、こんなに濡らして……！）

千鶴のようにアラフォーで健康な人は、女としての性欲も高まる頃だし、熟してきた自分の肉体を持て余しているのだろう。

富士夫はとっさに枕を取ってきて、千鶴の腹の下に入れた。腰枕ならぬ、腹枕である。

こうすると、尻が持ちあがって、愛撫がしやすくなる。

パンティはまだ脱がさずに、尻の間にしゃがみ込むようにして、基底部に舌を走らせる。舌が薄いすべすべしたクロッチをすべっていき、

「ぁああ、いやっ……シャワーを、お願い……」

千鶴が顔をねじって、訴えてきた。

「あとで、一緒に貸切り風呂に入りましょう。悪いけど、それまでは我慢してくださいい。大丈夫ですよ。千鶴さんのここは、へんな匂いはない。むしろ、甘酸っぱくて男をその気にさせる」

そう説いて、基底部を舐めた。

Tバックの後ろをつかんで、引きあげる。ツンツンと引っ張ると、細い基底部がさらに狭間を割って、

「ぁああ、それ、ダメっ……食い込んじゃう。ダメだって、ダメ……やぁあああああん……ぁあうぅぅ」

最初はいやがっていた千鶴が、ぐぐっと尻をせりあげる。

枕の上で、Tバックが深々と肉びらを割って、いっそう肉土手がはみだす。

くちゅ、くちゅと淫靡《いんび》な音がして、その音がする源泉を舌でなぞり、脇の肉土手にも舌を這わせる。

そうしながら、片方の手で尻を撫でまわした。

つるつるの健康的な肌がしっとりと汗ばんでいる。

きめ細かい肌がどんどん桜色に染まってきて、これなら、左の内腿に赤い蝶の模様が浮き出てもおかしくはないと感じた。

もっと尻を味わいたくなって、両手で尻たぶをつかみ、揉みしだき、ぶるぶると震わせつつ、尻の底に顔を寄せて、スーッ、スーッと息を吸い込み、基底部をねぶりまわした。

その頃には、千鶴は快感が羞恥を上回ったようで、

「ぁああ、あああぅ……気持ちいいの。気持ちいいの」

ぐいぐいと尻をせりあげる。

富士夫はパンティに手をかけて、Tバックを脱がせた。くるりと剝いて、足先から抜き取っていく。

あらわになった尻と太腿《ふともも》の内側に目をやった。

左の内腿には今のところ、赤い斑紋《はんもん》の兆《きざ》しはない。だが、熊島会長は、最初はなかったが、絶頂に達したときにだけ浮き出たと言っているのだから、なくてもまったく問題はない。

頭脳明晰《ずのうめいせき》なのに、いざとなると、性欲を発露するギャップのある女が、会長は好きなような気がする。秘書の紗江子がそうであるようにだ。

だから、可能性は大いにある。

富士夫は左右の尻たぶを開き、つれてひろがった陰唇の間にぬるっ、ぬるっと舌を走らせる。

「あっ……くっ……ぁあうぅぅぅ」

感じるのだろう、千鶴はのけぞりながらも、尻を突き出してくる。

酔いと快感で羞恥心を失って、自分からせがんでくる女を、愛《いと》おしいと感じる。

濃いピンクにぬめる粘膜を舐めあげ、そのまま、アヌスの窄まりまで舌を這わせる。

「あんっ、そこはいやっ……」

千鶴はぐっと尻たぶに力を込める。やはり、ノーシャワーで排泄器官を舐められるのは、いやなのだろう。

富士夫も思い直して、陰部を集中的に舐める。

ねっとりとした粘膜を何度も舐めあげていくと、千鶴はもうどうしていいのかわからないといった様子で、尻をせりあげて押しつけ、左右に振る。

いつも舟を漕いでいるように、腰がくなり、くなりと大きく揺れる。

執拗《しつよう》にクンニしつつ、尻を撫でまわしていると、千鶴が訴えてきた。

「ください……欲しい！」

富士夫のイチモツもすでに猛《いき》りたっていた。だが、その前にやってもらいたいことがある。前にまわって、両膝を突き、

「申し訳ない。できたら、これを口で……」

激しくそそりたっているものを顔の前にさらす。

千鶴がちらりと見あげてきた。

「頼みます」

腰を突き出すと、千鶴が片手で根元を握り、角度を調節し、唇をひろげて頬張《ほおば》ってきた。

四《よ》つん這《ば》いの姿勢だから、あまり自在には動けないはずだ。それでも千鶴は、いきりたちに唇をからめ、自ら顔を打ち振って、唇をすべらせる。

全身を前後に揺らしながら、唇をずりゅっ、ずりゅっと往復させる。

両手を伸ばして、布団に突き、背中を弓なりに反らせている。

よくなる背中がウエストで急速に窄まり、そこから、急激にせりだしたヒップラインが悩ましい。

しかも、その尻が枕明かりの黄色い照明を浴びて、妖《あや》しいほどの光沢を放っているのだ。

千鶴が頰張りながら、右手で皺袋《しわぶくろ》を下からやわやわとあやしてきた。睾丸《こうがん》を愛撫されて、大きく分身を唇でしごきあげられると、猛烈に入れたくなった。

「ありがとう」

富士夫は千鶴の後ろにまわる。

唾液でぬめるイチモツの先で、ぷりっとした尻の狭間をなぞりおろし、ぬめった窪地《くぼち》に慎重に押し込んでいく。

ぬるりと亀頭部《きとうぶ》がすべり落ちていき、きつきつの入口を押し広げていく感触があって、

「うっ……！」

千鶴がつらそうに呻《うめ》いた。

そのまま腰を進めると、分身が奥へと吸い込まれていく感触があって、

「ぁあああ……！」

千鶴が背中をしならせて、シーツを鷲《わし》づかみにした。

「くっ……！」

と、富士夫も奥歯を食いしばる。

想像していたように、なかはきつきつだ。

両足で踏ん張りながら、たらい舟の櫂を操っていると、自然に下半身が鍛えられて、ここの具合も良くなるのだろう。

富士夫はこらえながら、ゆっくりと抜き差しをする。

よく締まる膣《ちつ》がうねりながら、からみついてきて、かるく抜き差しをするだけで、えも言われぬ快感が押し寄せてくる。

（ううむ、マズい。これでは、イカせる前に射精してしまう！）

そう思って、腰を止めると、千鶴が「なぜやめるの？」という様子で、自分から腰をくねくねさせながら、身体を前後に揺する。

「ぁああ、おおぅ、くっ……！」

富士夫は必死に暴発をこらえた。

両手でがっちりと尻をつかんだ。だが、千鶴はかえって煽《あお》られたのか、全身を使って、前後に動くので、きつきつの膣がいきりたちをジュブジュブとしごいてくる。

「くっ……ちょっと待った！」

思わず声をあげると、千鶴が不思議そうな顔で振り向いた。

「ああ、いや……あんまり締まりが良すぎて、つまり……」

名器すぎて、と弁解した。すると、

「じつは、うちの主人も、すぐに……あの……」

恥ずかしそうに言って、千鶴が顔を伏せた。

（そうか……ご主人は千鶴のオマ×コの具合が良すぎて、すぐに放ってしまい、千鶴を満足させられていないんだな）

事情がわかってきた。

そうであれば、ここは踏ん張って、どうにか千鶴を絶頂に導きたい。また、それができなければ、特命の任務を果たせない。

「すみません。お尻を動かさないようにお願いします。すぐに出してしまいそうなので」

富士夫は気持ちを入れ替えて、ゆっくりと慎重に後ろから突く。

意識的に短いストロークを繰り返して、浅瀬を攻めた。これなら暴発はない。

「ぁああ……」

千鶴は両肘《りょうひじ》を曲げて、その上に顔を乗せて、ぐいと尻を突き出してくる。

こうすると、角度が微妙に変わる。自分からこの姿勢を取ったのだから、この当たり方が気持ちいいのだろう。

尻の位置が低くなり、富士夫も腰を落として、浅瀬を突く。

そのひしゃげたような千鶴の格好が、途轍《とてつ》もなくエロい。

自然にピッチがあがり、ストロークも深くなる。

ばすっ、ばすっと尻と下腹部が当たる音が撥《は》ねて、

「あんっ……あん……ぁあん……」

千鶴が甲高《かんだか》い声で喘《あえ》いだ。響きのいい、エロチックな声だ。

だが、膣の締めつけがハンパではなく、富士夫はたちまち追い込まれそうになる。

押していくと、千鶴が腹這いになった。その下に腰枕ならぬ腹枕が置いてあるので、千鶴の尻は少しあがっている。

それでも、千鶴の尻は大きいので、挿入《そうにゅう》は浅くなり、したがって、富士夫も我慢できるのだが……。

（ダメだ……！　少し体位を変えよう）

両手を突き、反るようにして、ぐいぐいと腰をつかう。

「あんっ……あんっ……ぁああ、これ好き……いい。気持ちいい」

千鶴が心からの声を出す。

（よし……これなら！）

富士夫は無我夢中で屹立《きつりつ》をめり込ませていく。

「ぁああ、ああ、気持ちいい……いいの、いいのよ」

千鶴が尻を持ちあげた。

腹這いになって、尻だけを高くせりあげた格好がとても卑猥《ひわい》だ。その上、腰をつかうたびに、豊かな尻に吸い込まれていくような柔らかな弾力が伝わってきて、一気に性感が押しあげられる。

（ダメだ。こうなったら、このまま一気に……！）

富士夫は思い切り、怒張《どちょう》を叩きつけた。

「あん、あん、あん……」

千鶴がソプラノで喘ぐ。

気を遣《や》るようには見えない。しかし、富士夫はもう後戻りできない。

腕立て伏せの形でぐいぐいと送り込んでいくと、ふいにあの瞬間がやってきた。

「ぁあぁ、ダメだ。うおお、うおおっ……ぁあああ」

富士夫はとっさに肉棹《にくざお》を抜いた。白濁液が飛び散り、千鶴の背中を白く穢《けが》していった。

4

富士夫は自分の飛ばした精液をきれいに拭いて、ごろんと仰向《あおむ》けに寝転んだ。

(最悪……!)

我が身を責めた。

ぐったりしていると、千鶴のスマホがコール音を立てた。おそらく、夫からだろう。なかなか戻らない妻を心配して、電話をかけてきたのだ。

「出なくて、いいんですか？」

「ええ……」

心配になって訊いた。

「だけど……」

「いいのよ。今夜はもう、決めたんだから」

そう言って、千鶴は富士夫に覆いかぶさってきた。

シックスナインの形で、反対側を向いてまたぎ、ぐいと尻を突き出してくる。

(そうか……千鶴さんがここまでしてくれるのだから、ここは頑張らないとな)

射精して間もないが、クンニくらいはできる。

スマホのコール音がやんで、周囲の静けさが増した。

富士夫は枕を頭の下にあてがい、舐めやすくして、豊かな尻の底に舌を走らせる。

ぐちゃぐちゃに濡れそぼった、いかにも具合の良さそうな肉の花をぬるり、ぬるりと舐めると、

「ぁあああ、あうぅ……気持ちいい。寺脇さんの舌、すごくいい……ぁあああ、あああ……あんっ！」

千鶴がいい声で喘ぎ、尻をくなっとよじったので、股間がまた力を漲《みなぎ》らせてきた。

さっきは渋々の放出だったので、まだ精液は十分に残っているに違いない。

それを見て取ったのか、千鶴が根元をつかんで、ぶんぶん振り、さらに、頭部

に付着した精液を拭《ぬぐ》うように舐め、チューッと吸う。

分身がむくむくと頭を擡《もた》げてくる充実感がある。

(……また、できるんじゃないか!)

大きくなりはじめた肉棹を、千鶴は上から頬張ってジュブ、ジュブと唇をすべらせ、根元を握ってしごく。

すると分身が、さっきの射精がウソのように、硬く、大きくなり、それが富士夫に勇気を与えてくれる。

大量の蜜でぬめる狭間と膣口を舐め、クリトリスにちろちろと舌を走らせていると、

「ぁあああ……また、これが欲しくなった」

千鶴が勃起をぎゅっと握った。

「いいですよ。また、できそうだ」

四十五歳の富士夫にとって、これは奇跡に等しい回復だった。

千鶴はそのまま移動していき、背中を見せたまま、いきりたつものを導いて、ゆっくりと沈み込んでくる。

力強さを取り戻したイチモツが、よく練れた膣を押し広げていき、

「ぁあぁん……！」

千鶴は低く、生々しい声をあげた。

それから、少し前に屈んで両手を富士夫の足に突き、ゆっくりと腰を前後に振りはじめた。

こういうのを眼福と言うべきだろう。

たっぷりと肉の詰まった女の尻が、ぐいぐい突き出されて、目の前にせまってくる。

しかも、豊かな双臀の底では、富士夫の肉柱が濡れた膣口に嵌《は》まり込んで、出たり、入ったりしているのだ。

（すごい……！）

千鶴の尻はただ大きいだけではなく、くびれた細腰から風船のようにふくらんでいるので、そのラインをいっそうエロチックに感じてしまうのだ。

ぐちゅ、ぐちゅと音がして、蜜まみれの肉の柱がＯの字に開いた膣をうがっている。

「ぁあ、最高だ」

思わず賛美した。

すると、千鶴がぐっと前に上体を伸ばした。

何をするのかと思っていると、向こう脛《ずね》を舐めはじめたではないか。

腰を前後に揺らしながら、その勢いを利用して、なめらかな舌でつるっ、つるっと向こう脛に舌を這わせる。

「くっ……気持ちいい！」

富士夫は歓喜の声をあげていた。

すると、千鶴はさらに前屈して、乳房を擦りつけてきた。

舌もいいが、オッパイはもっといい。

しかも、前傾した分、尻があがり、左右のぷりっとした尻たぶの谷間に、セピア色の窄まりがのぞいている。

幾重もの皺を集めたアヌスがひくっ、ひくっと窄まり、そのたびに、膣肉がイチモツをぎゅっ、ぎゅっと締めつけてくる。

「くっ……くっ……！」

その快感を、奥歯を食いしばって、こらえる。

だが、さっきほど逼迫《ひっぱく》していない。一度放っているからだ。

富士夫は尻を下から支えながら、少し持ちあげる。腰を振りあげて、イチモツ

を叩き込んだ。ばすっ、ばすっと音がして、

「あんっ……あんっ……あんっ……ぁあああ、いいのぉ！」

千鶴が上体を持ちあげ、のけぞりながら、腰をびくっびくっと痙攣《けいれん》させた。

（これは、イケるんじゃないか！）

尻を支えて、しばらく下から突きあげた。

「あんっ、あんっ……あんっ……！」

千鶴は上体を揺らして、がくがくと震える。

「こちらを向いてください」

言うと、千鶴は緩慢な動作で足を少しずつ移動させ、時計回りにまわって、正面を向いた。

何を言わずとも、足を開いて踏ん張り、腰を縦に振った。

そびえたつ屹立がじゅぶっ、じゅぶっと膣のなかに吸い込まれ、切っ先が奥のポルチオを突く。

「あんっ……あんっ……ぁあああ、突いてくる。奥を突いてくるのぉ」

千鶴は飛び跳ねながら言い、しっかりした眉《まゆ》を八の字に折る。

形のいい乳房が躍り、髪の毛も揺れる。

強靭《きょうじん》な足腰である。たらい舟で鍛えられているせいか、スクワットに等しい行為を繰り返しても、まったく疲れを見せない。それどころか、スクワットのリズムがどんどん早くなり、

「待った！」

富士夫はふたたびストップをかけて、暴発を免《まぬか》れた。

「こっちに」

千鶴を前傾させ、胸に潜り込むようにして、乳房を揉みあげ、乳首に舌を這わせる。

カチンカチンになっている突起を舐め、舌で弾《はじ》く。

そうしながら、ぐいぐいと突きあげていく。

「ぁああ、ああ……あんっ、あんっ……ぁあああ、気持ちいい……気持ちいい……ぁああ、ダメ、ダメ、ダメっ……！」

千鶴がさしせまった声をあげて、しがみついてきた。

「イキそうなんですね？」

「はい……。ひさしぶりなの。イカせて、お願い、イカせて……」

千鶴が訴えてくる。

富士夫は胸から顔を出して、千鶴の背中と尻をがっちりとホールドし、つづけざまに下から突きあげた。

勃起が斜め上方に向かって、Ｇスポットを擦りあげ、奥のポルチオに届く。

「ぁああ、すごい、すごい……イクわ、イク……！」

「そうら……！」

幸い、まだ射精する予兆はない。ふんふんと息んで、大きく突きあげると、千鶴の身体がジャンプするほどに撥ねた。

「すごい、すごい……こんなの初めて……ぁああ、あああ、イク、イク、イッちゃう……！　やぁあああああぁぁぁぁぁぁぁぁぁぁ」

千鶴がしがみつきながら、のけぞり返った。

富士夫は放っていないが、千鶴は気を遣って、がくん、がくんと躍りあがり、それから、がっくりと前に突っ伏してきた。

富士夫も満足したが、特命の任務を思い出し、千鶴を体からおろし、両足をすくいあげて、左の内腿を見た。

むっちりとしているが筋肉質の太腿は汗ばんで、桜色に染まっているものの、赤い模様は浮き出ていない。

（ダメか……！）

今回もまた赤い蝶は飛ばなかった。

内腿にその兆しがあれば、もう一度して確かめたいが、これだと斑紋《はんもん》の出現する可能性はほとんどないだろう。

しばらく休んでいた千鶴が、ゆっくりと起きて、下着と衣服をつけはじめた。夫と娘が家で帰りを待っているのだから、泊まることはできない。それが、人妻の定めだ。

「タクシーを呼んでもらうから」

富士夫はフロントに電話をして、藍子を呼び出し、タクシーを一台呼んでもらう。

「ありがとうございます」

千鶴が頭をさげた。

富士夫も下着をつけて、服を着ながら、千鶴と話す。

「今日はありがとう。幸せでした」

「わたしも……こんなになったのは、ほんとうにひさしぶりなんです」

「よかった……あの、もしよかったら今度、たらい舟の衣装をつけた千鶴さんと、その……」

　思い切って誘うと、

「替えの衣装、洗濯して、家にありますから。いつでも……ただ、さすがに海では難しいと思いますけど」

　千鶴が微笑んだ。

「よかった！　あのユニホームが好きなんです。モンペをさげて、絣《かすり》の胸をはだけて、立ちバックでしたいんです」

「いやだわ。寺脇さん、露骨すぎ……」

　千鶴が眉をひそめたとき、内線電話がかかってきて、タクシーが到着したことを告げられた。

「あの、最後に訊きたかったんですが、娘さんの父親はどんな方でした？」

「……気になります？」

「ええ」

「残念ながら、それは言いたくないんです。この島の方ですから……」

「そうですか」

　島の者と言うのは、ウソではないだろう。だとしたら、父親は熊島会長ではない。

「タクシーに乗るまで、つきあいます」

富士夫はがっくりきたが、落胆を押し殺して、千鶴とともに部屋を出て、木の階段を静かに降りていった。

第四章　酒蔵の色白美人

1

酒蔵であり、販売店もかねる南田酒造《みなみだしゅぞう》に到着すると、すでに五人ほどの観光客が集まっていて、紺色の作務衣《さむえ》姿でバンダナを巻いた女性が、この蔵の歴史を説いていた。

写真とそっくりだから、彼女が福島光子《ふくしまみつこ》であることはすぐにわかった。中肉中背で、目に愛嬌《あいきょう》のある穏やかな美女である。作務衣越しにでも、胸や尻の豊かさが感じられる。

美形で感じがいいから、見学客の案内を任されているのだろう。後ろから首を伸ばしている富士夫に気づいたのか、

「寺脇富士夫さまですね」

光子が名前を確認した。

「ああ、はい。すみません。遅くなってしまって」

富士夫は頭を掻く。光子が近づいてきて、透明なキャップのようなものと、小さな杯《さかずき》を渡された。

光子は近くで見ると、色が抜けるように白く、もちもちの肌をしていた。見学の際に、頭髪が落ちないようにキャップをかぶる。杯は試飲用のもので、持ち帰っていいのだと言う。

光子は定位置に戻って、また解説をはじめる。たらい舟の高橋千鶴のように流暢《りゅうちょう》ではないが、一言一言に気持ちがこもっていて、好感が持てる。

ここでは、少数精鋭でやっているので、杜氏《とうじ》と蔵人《くらびと》は合わせて六名ほどしかいないと言う。実質的な酒造りは、もう二月で終わってしまっていて、今は古酒《こしゅ》などを寝かせている時期らしい。

なぜ富士夫が南田酒造に来たのかと言うと、ここの蔵人、福島光子が『アカネ』候補のリストにあがっていたからだ。

光子は三十七歳で、十四歳になる娘がいるが、結婚歴はない。写真を見ると、酒蔵のユニホームである作務衣をつけた光子は、ややぽっちゃりだが、やさしげで、なかなかの器量良しだった。

興信所も、「美人だった」と言う会長の言葉を信じて、リストアップするときに、美形を意識しているのだろう。

確かに会長は、奥さんも美人であったし、秘書の葉山紗江子の例を取ってもわかるように、『メンクイ』だと思われる。しかし、すでに八十歳で十五年前のことだから、もしかして、その命の恩人の記憶を美化している可能性がある。

富士夫にしてみれば、候補者が美人のほうがいいから、そのへんは敢《あ》えて問わないことにしている。

「それでは、これから酒蔵をお見せします。すでに、杜氏や蔵人の仕事はほとんど済んでいるので、作業は無理ですが、蔵の様子は見られます」

よく通る声で言い、光子が先頭に立って、ガイドをはじめる。

発酵室《はっこうしつ》のタンクや麹室《こうじしつ》などを見る。

開業して、百五十年経つというだけあって、タンクの色も深みが増し、酒蔵全体がくすんでいて、長い歴史を感じさせる。

南田酒造は規模は小さいが、新潟県の酒米《さかまい》のみを使う良心的な酒造りに定評があり、全国新酒品評会で何度も金賞を受賞している。

酒蔵見学を終えて、販売店で試飲に入る。

渡された杯で、純米酒、純米吟醸酒、山廃仕込《やまはいじこ》みなどの酒を少しずつ呑《の》みながら、光子を観察した。

光子は客の質問に答えたり、購入した酒を送る手配をしたりと、忙しく立ち働いている。

さっきも『わたしたちは加工した味ではなく、素顔の美酒を目指して、杜氏と蔵人が一丸になって頑張っています』と言っていたが、その言葉どおり、光子はガイドも販売も一生懸命だ。性格が一途《いちず》なのだろう。

試飲しても、ここの酒は一般的に好まれる、すっきりした淡麗辛口とは違い、甘いような独特の濃い風味があって、味わい深い。

富士夫は山廃仕込みを一本買うことにして、その梱包を光子に頼んだ。

「ありがとうございます。うちの山廃仕込みはほんとうに美味しいですから」

にこにこしながらも、光子はてきぱきと箱に入れる。

前屈みになったので、作務衣の胸元にゆとりができ、そこから、真っ白で丸々とした乳房と谷間がのぞき、富士夫はドキッとする。

「お持ち帰りになられますか？」

そう言って見あげた光子は、バンダナを巻いた額《ひたい》に、汗を光らせている。

「ええ……じつは、この島にしばらく滞在していて、旅館で呑むことになると思います」

富士夫は光子と距離を詰めるため、会話をつづけたい。

「よろしいですね。どこの旅館ですか？」

興味を持ったのか、光子が訊《き》いてきた。

「S旅館です」

「そうですか！　じつは、うちもS旅館に酒を卸《おろ》しているんですよ」

光子の表情がほころんだ。

「確かにありました。呑みましたよ。美味しかったんで、ここで買ってみようと、来たんです」

多少、ウソは入っているが、これも好意を持たれるためだ。仕方がない。

「あの……さっきのガイダンスを聞いて、すごく興味を持ちまして……もし、よろしかったら、個人的にもっと話を聞かせていただきたいんですが」

「個人的にと言いますと……？」

「お暇なときに、お薦めのお酒でも呑みながら……」

とにかく、光子と二人で話して情報を得たいし、親しくなりたい。そのとき、

「ちょっと、いいかしら？」

旅行客らしい中年の太った女性が割って入ってきて、光子に声をかけた。

「……すみません。失礼します」

くるりと振り向いて、光子がその対応をはじめる。

（邪魔が入ったか……）

しばらく待って、光子の手が空いたときに、また話しかけた。

「改めまして、寺脇富士夫と言います。東京から佐渡島に調査をしに来ました。時間のかかる調査なので、まだしばらくここにいます。酒蔵建築にも興味があるので、そのへんを兼ねて、ぜひ、お話をうかがいたいんですが……」

「でしたら、社長に訊かれたほうがいいと思います。何代もつづく蔵元ですから、歴史的なこともよく存じておりますし……蔵元に紹介しましょうか？」

「あ、いえ、そこまでは……」

「あっ、社長！」

光子が振り向いた方角から、体格のいい中年の男がこちらに歩いてきた。

浅黒い肌の頭を角刈りにした鋭い眼光の持ち主で、大柄なせいか、他を圧する

ような迫力がある。

光子が手早く説明をすると、

「南田真一《しんいち》と言います。ここの蔵元と杜氏を兼ねさせてもらっています」

男が、名刺を差し出した。

富士夫も渡そうとしたが、熊島建設の名刺しか持っていない。もし、光子がアカネであれば、その名刺を見たら、警戒するはずだ。

「すみません。ちょっと今、名刺を切らしていまして……寺脇富士夫と申します」

「申し訳ない。今、ちょっと忙しいので、お時間があるときに、ご連絡ください。いつでも、けっこうですので」

柔和な笑みを浮かべているものの、南田が自分に興味を失っているのがわかった。名刺を切らしている会社員など、眉唾物《まゆつばもの》だと思っているのだろう。

「では、失礼します。ああ、そうだ。福島さん、話がある」

南田が、光子とともに酒蔵に姿を消した。

（ううむ……まあ、今日のところは挨拶代わりというところで……）

帰ろうとして、販売店もかねている酒蔵の裏口を出たとき、奥まった喫煙所で作務衣を着て、タバコを吸っている、五十歳くらいの女性が目に入った。

さっき、販売店でレジを打っていたはずだ。情報収集をしようと近づいていく。

「試飲をさせてもらったんですが、美味しいですね。ここの酒は」

声をかけると、女性があわててタバコを灰皿で押し潰して、笑顔を作った。

富士夫はタバコを吸わないので、ここは畳みかけるしかない。

「社長はお幾つなんですか？」

「……四十八歳のはずですが」

「そうですか……精力的な方に見えますね」

「五代目なんだけど、酒造りにはほんとうに真摯《しんし》で、頭がさがるわね」

「あんな方のもとで働けるんだから、幸せですよね」

「……そうね。お客さんは、観光の方？」

「まあ、そんなようなものですが……」

「では、この島を愉《たの》しんでいってください。尖閣湾《せんかくわん》、意外といいから、お薦めですよ」

女性が立ち去ろうとするので、意を決して強引に訊いた。

「福島光子さんって、どんな方ですか？　あ、いや……さっき、ガイドをしてもらって、すごく感じのいい人だったので……」

女性の顔が微妙に曇った。

「福島さんは人気があるわね……七年前にうちに来て、普通、女性に蔵人はさせないんだけど、社長が熱意を買ってね……でも、実際の酒造りにはほとんど関係ないんじゃないの？　見学ツアーでは受けがいいし、あの人がガイドをすると、ツアー客の酒の売り上げが伸びるから、そういう点では貢献しているわね……ゴメンなさい。そろそろ帰らないと」

喋りすぎたと感じたのだろう、女性従業員は急いで販売店に入っていく。

2

二度ばかり酒蔵を訪れて、光子に声をかけてみたものの、かえって警戒心を呼び起こしてしまったのか、なかなか乗ってこない。

高橋千鶴のケースでは、何度も通うことで成功したのだが、世の中、そう上手く事は運ばないと言うことだ。

営業のコツは、ごり押しするのではなく、相手が求めているものを理解しつつ長くじっくりとつきあうことだ。営業部にいた頃は相手の懐《ふところ》に飛び込むために、ヨイショもしたし、誕生日にはプレゼントも用意した。

男と女だって同じだ。

一発で惚れさせることができれば別だが、そうでない場合は焦らずにじっくりとつきあって、ようやく、女性は心を開いて、身体も許してくれる。

しかし、今回の特命はそう悠長なことはしていられない。時間がないのだ。

一度、仕事帰りの光子の後をつけて、家を確認した。

光子は海岸に近いこぢんまりした新しい二階建ての家に、寄り道をしないで帰っていった。

翌日、富士夫は外での偶然の出逢いを装《よそお》って、酒蔵の前の喫茶店で、仕事を終えて出てくる光子を待った。

午後六時になって、光子が姿を現した。

富士夫も喫茶店を出て、その後をつける。

今日はとくにお洒落《しゃれ》をしているようで、むちむちっとした身体をニットのワンピースで包んだ姿は、いつも酒蔵で見ている光子とは別人に見えた。

柔らかくウエーブした髪、たわわな胸、ほどよく締まったウエストからひろがっていく腰とヒップ……。

見守っていると、光子はスーパーに寄って、食料品を買い込んだ。

(ははん、娘のために夕食を作るんだな)

光子の家はここから、小木方面に向かう途中にある。

しかし、光子はスーパーを出ると、自宅とは反対方向に歩いていく。

(んっ……どこに行くんだ？)

途中で、光子にばったり逢うことを装うつもりだったが、どうも様子がおかしい。富士夫はしばらく声をかけずに、後を追った。

すると、光子は歩いて十五分ほどの距離にある、古い日本家屋の玄関の鍵を開けて、なかに入っていった。

周囲を生垣に覆《おお》われた、小さな平屋の日本家屋である。

表札はない。

おそらく台所だと思われる部屋の明かりが点《つ》いた。

料理を作っているようだ。

(何なんだ、この家は？)

疑問に思いつつも、もう少し様子を見てみようと、少し離れたところから家をうかがった。しばらく観察していたが、三十分経っても変化がないので、帰ろうとしたそのとき、大柄な男がごつい背中を丸めるようにして、家に足早に近づいてきた。

我が目を疑った。

男は南田酒造の社長であり、杜氏も兼ねる南田真一だったからだ。

（おかしい……！）

南田は結婚し、子供もいて、真野湾《まのわん》地区で両親とともに暮らしていると、声をかけたあの女性店員から聞いていた。

（どういうことだ？）

新たに、別の部屋の明かりが点いた。

（待てよ。ひょっとして……光子は南田真一の女なのではないのか？）

最近は変わってきたとはいえ、酒造業では女性は不浄の者だから、酒蔵に入れてはいけないという風習があり、したがって、蔵人に女性は少ない。

だが、南田は七年前に入社した光子を、経験のない女性であるにもかかわらず、蔵人にした。

当時すでに、光子に好意を抱いていたのではないか。その後、急速に親しくなって、今は密かに料理を作ってもらうほどの間柄になっているのか――。

確かめずにはいられなかった。

幸い、このあたりは、民家も人通りも少ない。もっとも、そうであるがゆえに、南田はここを密会の拠点にしたのだろうが……。

富士夫は、生垣の隙間から苦労して忍び込む。

してはいけないことをしているという自覚はある。しかし、ここまで来たら、ぜひとも確かめたい。

光子がアカネであったとしても、不倫をしているから、どうのこうのという類の問題ではない。しかし、その情報があれば、光子との距離を大幅に詰められるかもしれない。

それ以上に、いま富士夫は自分が探偵になったようなスリルと昂奮にひたっていた。

慎重に移動していくと、庭に通じる雪見障子《ゆきみしょうじ》から、居間らしい和室で、二人が食事をしている気配がうかがえた。

障子が閉まっているから、はっきりとはわからないが、二人の和気藹々《わきあいあい》とした話し声や笑い声が聞こえてくる。

酒蔵では、厳粛で気難しい様子の南田が、今は声をあげて笑っている。

(そうか……南田にとっては、ここが唯一のオアシスなんだろうな)

彼が光子に求めているものがわかったような気がした。

しばらくして、二人の気配がなくなった。

(うん、どこに行ったんだろう?)

南田は家族の待っている家に帰らなければならない。光子だって、娘がいるのだから、あまり時間は取れないだろう。

そういう二人が、愛の巣でやることと言ったら、決まっている。

富士夫は足音を忍ばせて、家の裏手にまわる。

雨戸の閉められた部屋があり、立て付けが悪いのか、雨戸の真ん中に数センチの隙間があって、そこから、ぼんやりとした明かりが洩《も》れていた。

富士夫はその淡い光に吸い寄せられるように、近づく。

極力物音を立てないようにして、雨戸の隙間にそっと顔を寄せた。雨戸が閉まっているからと、油断して、障子を開けているのだろう。

布団が敷かれ、畳の上に置かれた枕明かりが、二人を浮かびあがらせていた。

(何だ、これは?)

隣室との境の襖《ふすま》が開けられており、鴨居から吊《つ》るされたロープで、両手を頭上でひとつにくくられた黒スリップ姿の光子が、うつむいて立っていた。

そして、南田は後ろから、スリップ越しに乳房をつかんで、耳元で何か囁いている。

富士夫は唖然として、目の前の光景を一瞬では理解できない。

光子がいやいやと首を左右に振った。セミロングのウエーブヘアが揺れて、うつむいた顔がちらちら見える。

と、南田がスリップの裾《すそ》をまくりあげて、赤いパンティに留めた。

すけすけの赤いパンティの中心は黒い。

南田の手がおりていき、そこを撫《な》であげたとき、富士夫は理解した。それはパンティの柄ではなく、黒々とした陰毛だったのだ。

(これは……オープンクロッチか?)

肝心な箇所が開いている、オープンクロッチパンティというエッチなショーツがあるのは知っている。若い頃に一度だけ、当時つきあっていた女に使ったことがある。

南田のV字に開いた二本の指が、陰部を外側からなぞりあげ、

「んっ……いやです……あんっ……ぁあああうぅ」

光子が顔をあげて、がくん、がくんと腰を振った。

雨戸の隙間から、光子の声が激しい息づかいとともに、聞こえてくる。

南田が後ろからキスをして、光子は顔を向けて唇を合わせながら、腰をくねらせている。

（ああ、やはり、光子はいやいやしているんじゃない。これは、SMというやつだな……）

富士夫は女の手を、浴衣《ゆかた》の紐などでかるく縛ったことはあるが、それは、SMとは呼ばないだろう。

二人に肉体関係があるのはわかったのだから、見つからないうちに退散したほうがいい。

理性ではそう思うものの、もっと見たいという気持ちがあって、体が動かない。家の裏手には畑がひろがっていて、他人に見つかる危険は少ないはずだ。

覗《のぞ》きをつづけていると、南田が前にしゃがんで、片足を持ちあげ、股間を舐めはじめた。

「ぁあああ、ぁああうぅ……蔵元、いいんです。いいの……はうぅぅ」

そう言って、両手を頭上でくくられた光子が、下腹部を前後に振った。と、南田が立ちあがって、作務衣のズボンをおろす。そして、飛びだしたイチモツで正面から突きあげる。

「ぁあああぅぅ……！」

光子が顔を撥《は》ねあげ、背中を大きく反らす。

鴨居がぎしっと鳴って、南田が腰を振りあげはじめた。

「んっ……んっ……ぁあああ、許して……蔵元、もう許して」

「許さない。ほんとうは気持ちいいんだろ？　お前の『許して』は『もっとして』と同じだ。そうら」

二人の会話が耳に飛び込んでくる。

南田の尻がぎゅっ、ぎゅっと窄《すぼ》まり、

「あんっ……あんっ……奥が……奥が……許して。許してください」

「許さない」

南田は激しく突きあげていたが、やがて、身体を離し、鴨居のロープを解《ほど》いて、ふらふらっとなった光子を、布団に這《は》わせた。

両手をひとつにくくられた光子は、両肘《りょうひじ》を突いて、尻を高々と持ちあげ、

「んっ、んっ、んっ……」

声をあげ、顔を上げ下げする。

そのとき、裏手の畑から車の走る音が聞こえ、富士夫はとっさに雨戸から顔を離して、身を隠す。

見ると、畑の細い道を、軽トラックが走っていくところだった。

(神様がこれ以上、罪は犯すなと忠告してくれているのだ。それに、もう二人が不倫関係にあるのはわかった)

富士夫は物音を立てないように、慎重にそこを離れる。

軽トラックが遠ざかるのを待って、生垣から外に出た。

そのとき、はからずも勃起《ぼっき》しきっていることに気づいた。

(しょうがない。あれを見たら、誰だってこうなるさ)

富士夫は股間を突っ張らせたまま、来た道をへっぴり腰で戻った。

3

二日後、富士夫はS旅館の近くの料理屋で、福島光子と逢っていた。この前、高橋千鶴と呑んだあの店だ。

奥の桟敷席《さじきせき》で、光子は不安そうに富士夫を見た。

「あの……社長との秘密をご存じだと、おっしゃっていましたが……」

昨日、南田酒造に行き、光子を見つけて、『社長との秘密を見てしまって……

その件でお話があるんですが』と耳打ちしたところ、光子の表情が一変した。

そして、この場所と時間を指定したところ、やはり光子はやってきた。

ジャケットをはおって、膝丈《ひざたけ》のスカートを穿《は》いていたが、胸のふくらみがブラウスをはち切れんばかりに押しあげ、スカートもぱつぱつだった。

ふと、光子は着物が似合うだろう、と思った。

ここは、雰囲気を和らげたい。

「まずは一杯やりましょう。お薦めのお酒を教えてください」

「そうですね……ここだと……」

やはり、どんなときでも日本酒のこととなると本気になるのだろう。

光子は幾つかの銘柄を指して、富士夫はそのひとつを頼んだ。

肴は近海物の刺身だ。

すぐに来た日本酒を冷やのコップ酒で呑み、刺身をつまんだ。

光子は畏《かしこ》まっている。

やさしげで癒《いや》し系の容姿だが、不安が顔に出て、眉が寄ってしまっている。

「この島の酒造りのことを聞かせてください。日本酒が好きなので」

話題をそちらに向けると、

「佐渡は日本一の米どころ、新潟県の島ですし、いい水がありますから、昔から日本酒造りが盛んだったんですよ。昔は二百の酒蔵があったんですが、今はたった五つになってしまって……」

佐渡の酒造りに関して、語りはじめた。

「たとえば、このお酒の原料になるお米は……」

目の前の冷酒を掲げて言い、酒米の何が何割入っているから、こういう味になるなどと、解説してくれる。

日本酒が心から好きなのだろう。

南田がこの女性を愛人にしているのも、理解できた。

しかも、セックスではMっけがあるのだから、おそらくSであるだろう南田にしてみれば、これ以上の女はいないはずだ。

日本酒の話をひと通り終えたとき、

「あの……先ほどのお話ですけど……」

光子が我慢できないというように、色白の顔をあげた。

「じつは、一昨日の夜、偶然福島さんを見かけまして。声をかけようとしたら、あなたが一軒の家に入っていかれまして……」

富士夫が切り出すと、光子がハッと息を呑むのがわかった。

「それで、しばらくすると、酒蔵の社長さんの南田さんが、同じ家に入っていかれました」

実際は三十分後だから、その間、ずっとその付近にいたことになるが、その違和感を、逢い引きを目撃されたというショックが消し去っているのだろう。

光子の顔が明らかに曇って、やがて、困惑の表情に変わった。

「社長さんは、真野湾近くに家族とともに住んでいらっしゃるとお聞きしていたのですが……」

「あの……あれは社長の別荘みたいなところで、秘密の隠れ家と言いますか……それで、わたしが時々、お料理を作りに行っているだけなんです」

光子が必死に言い繕《つくろ》う。

「ああ、そうでしょうね。蔵元と蔵人ができていたら、大変ですものね。不倫になりますしね」

じわじわと責める。

「わたしたち、そんなことはしていません！」

光子が気色《けしき》ばんだ。

「わかっていますよ。だから、責めているわけじゃないんです。見学ツアーでお世話になったときに、光子さんともっとお近づきになりたいと……。でも、なかなか逢ってもらえなかったので、これを機に親しくしていただけたらと……ほんとうにそれだけですので。それっぽく伝えないと、光子さんはとても逢ってくれそうにもなかった。もう、不倫うんぬんの件は終わりです。呑みましょう」

がらりと口調を変えて、コップ酒をぐびっと呑む。

光子も半信半疑の様子のまま、冷酒を口にする。

きっと、自分のことを不審な男だと感じているだろう。

この状態から、ベッドインまで持っていくのは至難の業《わざ》だ。しかし、富士夫には切り札がある……。

「あの……寺脇さんはどういう会社にお勤めなんですか？」

光子がさぐりを入れてきた。

「東京の熊島建設に勤めています」

名前を出して、光子の反応をうかがった。

もし、熊島会長の命の恩人なら、会社の名前を出せば、何らかの反応があるはずだ。危険だが、この状況では多少のリスクを負わないといけない。

「ご存じですか？」

「……いえ、知りません」

光子が言った。だが、わずかに目が泳いだような気がした。

「熊島総一郎という現会長がはじめた会社です」

追い討ちをかけて、様子をうかがった。

「……ゴメンなさい。わたし、そのへんのことは疎《うと》いので……あの、この前、寺脇さんはこの島で調査をするとおっしゃっていましたが、どんな？」

光子がおそるおそる訊いてきた。これは可能性がある。光子がアカネであれば、自分のことをさぐりに来たのでは、と思っているだろう。

「はっきりとは言えませんが、秘密裏にある調査をしています。何かは言えないんです」

「そうですか……」

光子がアカネであれば、その調査が何なのか、大いに気になるだろう。

「もっと話を聞きたいですね。どうですか、これから部屋に来ませんか？　S旅館は近いですから」

誘ってみた。

「いえ、それは……娘が家で待っていますので」

「光子さんは、今度の休みはいつですか？」

「……明後日ですが」

「では、明後日、また逢いませんか？　昼間なら、娘さんも大丈夫でしょう」

「それは……」

「逢いたいんですよ、二人で、ゆっくりと……」

「無理だと思います……」

「南田社長との件、酒蔵の親しくなった人にお伝えしてもいいんですよ」

仕方なく、切り札を出すと、光子の顔が険しくなった。

「でも、あれはただ社長にご飯を作っているだけで……」

「もちろん、わかっています。ですから、俺は見たことしか話しません。それに、あなたが夕ご飯をお作りになっている隠れ家に、社長が入っていったと。それに、あなたがロープで縛られて……」

目撃した光景をちらつかせると、光子の顔がこわばった。

なぜ知っているのか、ひょっとして、あの現場を覗かれたのか――とさぐるように、じっと富士夫を見つめる。

「……明後日の午後二時に、S旅館の俺を訪ねてきてください」

「ええ……そうすれば、さっきの件はご内密に願えますか?」

「ええ……来ていただけるなら、口外はしません。あっ、光子さんは和服を着られるんですか?」

「ええ、一応……」

「でしたら、和服で来ていただけると、うれしいかな。俺はその時間に、旅館の前で待っていますから」

富士夫はお勘定を頼んで、一台タクシーを呼んでもらう。

精算が終わり、やってきたタクシーに光子を乗せた。

4

富士夫がS旅館の前で待っていると、光子がやってきた。午後二時ちょうどだった。

髪を後ろで結《ゆ》って、何かを覚悟したようにきりりと口を結んでいる。思ったとおり、派手にならないように、落ち着いた小紋の着物をつけていた。

光子には着物がよく似合った。

仲居頭の長谷川藍子にスマホで電話をし、旅館の勝手口にまわった。

すぐに藍子が勝手口を開けてくれて、光子とともに旅館に入る。

藍子には事情を話してあり、この時間までに部屋の掃除をして、布団を一組敷いてもらえるように伝えてあった。

二階へとつづく階段をあがり、部屋に入った。

二間つづきの窓側の部屋には、布団が敷いてあり、それを見て、光子が目を伏せた。

これで、自分が何を求められているのか、完全に覚《さと》っただろう。

富士夫は単刀直入に切り出した。

「あなたを……抱かせてください」

「……あのことは他言なさらないと、約束してもらえますか？」

「もちろん……俺は任務を終えたら、東京に帰ります。ご心配なく」

「……あのとき、見たんですね」

「ええ……あなたは鴨居に吊るされたロープに両手を縛られて……」

「ずっと、覗いていたんですか？」

「ええ、途中までは。すみません。どうしても気になって……」

「絶対に口外なさらないでくださいね。酒蔵が潰れますから」

光子が真剣に言う。

「わかっています。大丈夫ですよ。素直に応じていただければ……あなた次第です」

すぐに、光子が帯に手をかけて、解きはじめた。

それをやめさせて、富士夫は後ろから抱きしめる。最近は、まず背後から女性を攻めると決めている。結いあげられた髪からのぞくうなじに、キスを浴びせると、

「んっ……！」

光子がびくっとして首をすくめた。

かまわず、襟足《えりあし》に舌を這《は》わせ、右手を衿元《えりもと》からなかにすべり込ませる。

すぐのところに、柔らかな乳房が息づいていて、ふくらみをぐいとつかむと、

「あっ……！」

光子がのけぞった。

光子はMだから、多少強い愛撫のほうが、感じるだろう。そう思って、着物と長襦袢《ながじゅばん》の下で荒々しく、ふくらみを揉《も》みしだく。

そこだけしこっている乳首を指で捏《こ》ねて、押し潰し、ぐりぐりとまわす。そうしながら、着物の上から太腿《ふともも》を撫《な》でさすった。

「ぁあああ……いや、いや……」

「いやじゃないでしょう?」

着物の下の乳房を揉みながら、着物の前身頃《まえみごろ》から手をすべり込ませた。

小紋と長襦袢を撥《の》ね除けるようにして、太腿をさすると、

「あっ……んっ……ぁああ、いやっ……あうぅぅ」

光子は身をよじり、手から逃れようと、腰を後ろに突き出してくる。

富士夫が乳房を揉みつづけていると、乳首が明らかに硬く、せりだしてきた。

光子を相手にするときは、普段よりS的にならなければいけない。そうしないと、光子の性感は昂《たかぶ》らないし、気を遣《や》らないだろう。

乳首を捏ねつつ、左手を太腿の奥へと差し込んだ。

パンティが張りついたそこをぐいとつかむと、

「んっ……！」

光子は腰を引き、内股になった。

「はっ、はっ、はっ……」

と、光子の息が弾む。

すでに、乳首はカチカチで、かもしだされる雰囲気がエロいものに変わってきている。

（そうか……光子はMだから、こうやって、秘密を守るために好きでもない男に抱かれても、昂奮するのかもしれないな）

Mの女性は惚れた男を護るために自分を犠牲にすることで、悦《よろこ》びを覚えると聞いたことがある。

パンティの上から柔肉《やわにく》を撫でさすると、光子は内股になって、がくがく震える。

光子を隣室の布団に連れていき、パンティを脱がせて、シーツの上に這わせた。着物と白い長襦袢をまくりあげると、ふっくらとした肉感的な尻がまろびでる。

逆ハート形にひろがる尻に見とれながらも、開いた太腿に目をやる。

抜けるように白い肌は薄く張りつめている。そして……右の内腿にはうっすらと楕円形《だえんけい》の赤みが浮き出ていた。

（えっ、これは……！）

急に、胸がドキドキしてきた。

会長は左の内腿だと言っていたらしいが、だいたい男と女は向かいあってセックスするのだから、会長が右と左を間違えたっていうことも考えられる。それに、この状態ですでに赤みがさしているのだから、気を遣ったときには、赤みが増して、蝶《ちょう》の模様が浮き出るのではないか――。

候補が五人で、すでに三人目。確率は五分の一から三分の一にあがっている。

（イケるぞ、これは……！）

早く、結果を見たい。しかし、急《せ》いては事をしそんじる。

逸《はや》る気持ちを抑えて、尻の底を舐めた。

もっちりとした尻肉を感じつつ、尻たぶの谷間に沿って舌をおろしていき、這うようにして、亀裂に舌を走らせた。

ぬるり、ぬるりと舌を這わせると、身体同様にふっくらとした肉厚な陰唇《いんしん》がひろがっていき、

「んっ……んっ……」

くぐもった声を発して、光子が震える。

さらに、狭間《はざま》を何度も舐めあげると、光子は両肘を曲げ、その上に顔を乗せて、ぐいと尻をせりあげる。

小紋の着物、しなった背中、剝《む》きだしのヒップ……。

開いた足の先は白足袋《しろたび》で包まれていて、舐めるごとに、それが撥ねた。

すでに覚悟を決めているためか、光子は身を預けている。それでも、富士夫がアヌスの窄まりに舌を這わせると、

「あっ……いや、そこはいけません。ダメっ、汚い……あっ、あっ」

光子は必死に尻たぶを締める。

そのいやがり方に、富士夫はSの心情をくすぐられる。

尻を開いて、あらわになった窄まりを舌先でちろちろっと弾《はじ》き、さらに、周囲を円を描くように舐めた。光子の気配が変わり、

「ぁあああ……ぁあああ」

と、陶酔《とうすい》した声をあげて、尻をもどかしそうに左右に揺する。

その様子を見て、蔵元にもアヌスを攻められた経験があるのだと思った。

（こういうときは……）

アイデアが閃《ひらめ》いた。

富士夫は中指を膣《ちつ》に差し込んで、膣粘膜の食いしめを感じながら、下側のGスポットを擦《こす》った。そうしつつ、アヌスを舐める。

皺《しわ》を集めた茶褐色のアヌスを尖《とが》らせた舌で突つき、さらに、つるっ、つるっと舌全体で舐めあげる。

皺の凝集《ぎょうしゅう》が舌に引っかかって、それがいいのか、光子は尻をくねらせて、

「あっ……ぁあああああ、あああああああ、いいわ。感じます……いいんです」

心から気持ちいいという声をあげる。

富士夫は徐々に指の動きを活発にさせ、中指でざらっとしたGスポットを激しく擦りあげ、叩き、押す。

その間も、アヌスを舐める。

窄まりがイソギンチャクのようにひくひくとうごめき、ピンクの粘膜が顔をのぞかせる。

さらに、かるい抜き差しを加えると、光子の気配が変わった。

「いや、いや、いや……もう、もう許して……」

「許さないぞ。光子の言う許しては、もっとして、と同じだからな」

富士夫は顔をあげて、隠れ家で盗み聞いた南田の台詞《せりふ》を踏襲した。

きっと、それに気づいたのだろう。光子は一瞬、動きを止めたが、すぐに、

「許して、もう許して……」

同じ言葉を繰り返して、ぐいぐいと尻を突き出してくる。

「そうら、いやらしく腰を振って……光子はマゾだからな。いじめられるほどに燃える。そうだよな？」

富士夫は自分で考えた台詞を言う。

「……違うわ。マゾじゃない……違うわ……ぁあああああ、もっといじめて……わたしをメチャクチャにして」

光子は芝居じみた言い方をして、富士夫を振り返った。

その、男にすがりつくような目が、たまらなかった。

（そうか、マゾの女はこんな魅力的な表情をするのだな）

富士夫は昂奮して、思わず尻を叩いていた。

膣に指を挿入《そうにゅう》しつつ、かるくだが、尻たぶを平手打ちすると、

「くっ……くっ……！」

光子はがくん、がくんと白足袋に包まれた左右の足を撥ねさせる。

スパンキングをするたびに、膣もぎゅっ、ぎゅっと締まって、指を締めつけてくる。

色白の肌が桜色から赤に変わり、その腫《は》れたような尻を撫でると、わずかに熱を帯びていた。

可哀相になって、富士夫は指を抜き、光子に着物を脱ぐように言う。

光子が立ちあがって、背中を見せ、帯に手をかけた。お太鼓の結び目を解き、シュルシュルと衣擦《きぬず》れの音をさせて、帯を解《と》く。

それから、小紋を肩から色っぽくすべり落とした。

白い光沢のある長襦袢が悩ましい。色白でむっちり系だから、和装がよく似合うのだ。

光子は結われていた髪も解いたので、長いウエーブヘアが滝のように枝垂《しだ》れ落ちた。

「ここに座って」

布団を指すと、光子は白いシーツに正座した。

せっかくの長襦袢だが、富士夫はオッパイが見たい。衿元をつかんで押し広げながら、肩から抜いた。

もろ肌脱ぎになって、お椀形のたわわな乳房がこぼれでた。

（これは……！）

形もいいが、それ以上に乳輪と乳首が濃いピンクで、かなり昂奮した。やはり、色が白い女は乳首も色素沈着が薄いのだろう。

両腕で自分を抱え込むようにして、胸を隠している光子を見て、あれだと思いついた。

光子の腕を前に出させて、置いてあった紫色の帯揚げを使い、くくりはじめる。帯揚げは柔らかい素材でできているので、手首も痛くないはずだ。

「なるべく、あなたには感じてほしいからね。真似だけど……このほうが感じるんでしょ？」

「……はい。すみません」

富士夫は光子の両手首を帯揚げでひとつに縛り、おずおずと言った。

「あの……この状態でおフェラをしてもらえませんか？」

「もう、いいんですよ。もっと強く言って、命令してください。そのほうが感じますから」

「……では、咥《くわ》えなさい」

「はい……」

光子は自分でひとつにくくられた両手を頭上に持っていって、その窮屈な姿勢で肉棹《にくざお》に顔を寄せた。

顔を傾け、細い赤い舌を出して、屹立《きつりつ》をツーッ、ツーッと舐めあげる。

イチモツをたっぷりの唾液でまぶし、頬張《ほおば》ってきた。

ひとつにくくられた両手で自分の顔を抱え込むようにして、顔を打ち振る。

枝垂れ落ちた髪が、富士夫の下腹部にさわさわと触れて、気持ちいい。

ぽっちりとした柔らかな唇が適度な圧迫で、勃起の表面をなめらかにすべり動く。

(おおぅ、こんなのは初めてだ……！)

イチモツがますます力を漲《みなぎ》らせてきて、そこをジュルルッ、ジュルルッと音を立てて啜りあげられると、ぐっと快感が増した。

と、光子が顔を傾けた。

亀頭部《きとうぶ》が頬の粘膜を押しあげて、片方の頬がリスの頬袋みたいにふくれあがり、光子が顔を振るたびに、頬袋のふくらみが移動する。

光子は当然、こうしたら自分の顔が醜くゆがむことは知っているはずだ。

富士夫は、自分が醜くなるにもかかわらず、男に快感を与えようとしている光子にちょっと感動した。

光子は反対側の頰にも押しつけて、ぷっくりとふくれあがらせる。

その状態で顔を打ち振り、頰粘膜に亀頭部を擦りつける。

いったん吐き出して、今度はぐっと根元まで頰張り、陰毛に唇が接しているのに、もっとできるとばかりに喉《のど》の奥で先っぽを吸い込む。

「うおおっ……！」

ディープスロートの快感に、富士夫は唸って、天井を仰《あお》いだ。

それから、大きくストロークされると、もう、我慢できなくなった。

「ありがとう」

光子を布団に仰向けに寝かせて、膝をすくいあげた。

白い長襦袢がはらりとめくれ、おびただしい蜜で濡れている女の花に狙いをつけて、押し込んでいく。

光子のそこは、歓迎するかのようにうごめきながら、イチモツを迎え入れて、

「あああ……！」

感極まったような声をあげて、光子はひとつにくくられた両手を頭上にあげた。

(くっ……すごい。とろとろだ!)

大トロみたいな粘膜がひくひくっと波打ちながら、肉柱をなかへなかへと招き入れる。

ぐっとこらえて、富士夫は両膝の裏をつかみ、押しあげながら開いて、おずおずとピストンをする。

イチモツが翳《かげ》りの底を出入りして、

「ぁああ、あああああ……」

光子が顔をのけぞらせる。

(Gスポットかポルチオか?)

最初はGスポットを中心に攻めてみた。

だが、光子の反応はいまひとつ鈍い。

(そうか……Mなんだから、やはり、奥を突かれたほうが感じるんだろう)

富士夫は振りかぶるように腰をつかい、ズンッと奥まで打ち込んだ。切っ先が子宮口にぶち当たり、

「うあっ……！」

光子が苦しげに呻《うめ》いた。

二度、三度と突くと、光子の様子が変わった。

「あんっ……あんっ……あんっ……」

仄白《ほのじろ》い喉元をいっぱいにさらして、いい声で鳴いた。

（いいぞ。やはり、奥だな）

富士夫は膝の裏をぎゅっとつかみ、上から打ちおろしていく。途中でぐいとカーブをつけて、上に向かって擦りあげる。

ぐにっと亀頭部が奥のふくらみを捏ねる感触があって、

「ぁあああぁうぅぅ……」

光子がいっそう顎《あご》をせりあげる。

突きあげるたびに、あらわになった乳房が柔らかく揺れて、ピンクの乳首も縦に動く。

だが、具合が良すぎて、富士夫のほうが持ちそうにもなかった。

富士夫は膝を放して、覆いかぶさっていく。

抜けるように白い乳房をぐいとつかみ、揉みしだいた。

それから、乳首にしゃぶりつく。

硬くせりだしている突起を頬張り、チューッと吸い込むと、

「ぁああん……あっ、あっ……」

光子はがくっ、がくっと揺れながら、膣でイチモツをしこたま締めつけてきた。

「くうぅ……！」

富士夫はこらえて、上体をあげ、乳首を捏ねる。そうしながら、腰を躍らせる。

「あん、あん、ぁぁぁんん……」

光子は鼻にかかった甘ったるい喘ぎを洩らした。依然として、ひとつにくくられた両手を頭上にあげている。

乳首を絞りあげながら、ぐいぐいとイチモツをめり込ませていくと、

「あん、あん、あっ……！」

光子はいっそう顔をのけぞらせる。

「どうだ、気持ちいいか？」

「はい……はい……」

光子はそう言いながらも、すでに夢のなかにいるようで、うっとりと眉根をひろげている。

(南田に仕込まれて、身体が仕上がってしまっているんだな)

南田真一の顔が頭に浮かんだ。

(何だかんだと言って、大した男じゃないか)

南田の尻馬に乗るようで申し訳ないが、光子をイカせないと、真相はつかめないのだから、ここは気を遣ってもらうしかない。

(そうだ、あれだな……)

腋《わき》の下があらわになって、その微妙なアンジュレーションを持つ腋の下が富士夫を誘った。

腋に顔を寄せて、屹立を打ち込んだ。体が移動する勢いを利用して、腋窩《えきか》をチュルチュルッと舐めあげた。

「ぁああん……いやっ」

光子は恥《は》ずかしがって、腋を締めようとする。

富士夫は肘を上から押さえつけて、なおも腋の下に舌を這わせる。

仄《ほの》かに汗の匂いのこもった窪地《くぼち》を、腰振りに合わせて、ぬるぬるっと舐めあげる。

「ぁああ、許して……もう、許して。恥ずかしい……」

そう口にしながらも、打ち込むたびに、光子は「ぁああん」と喘ぎを長く伸ばす。

ぐいと押し込みながら、腋の下を舐めあげ、同時に、乳房を揉みしだく。

三カ所攻めである。

それをつづけるうちに、光子の身体がぶるぶるっと小刻みに震えだした。

(うん、イクのか?)

富士夫は腋の下から離れて、腕立て伏せの形になり、様子をうかがった。

「ああ、あああ……イキそうです。ください。思い切り、奥に……」

光子がとろんとした目で言う。

富士夫は上体を立てて、光子の足を肩にかけ、ぐっと前に屈んだ。

「ぁああぅぅ……」

苦しそうに眉を八の字にする光子。

思い切り突くなら、この体位だろう。それに、Mならこの苦しい姿勢のほうが感じるはずだ。

ちらりと見ると、持ちあげられた右の太腿の内側の赤みが、いっそう濃くなっている。色白なだけに、赤い楕円形が強烈だ。

（よしよし……もしかして！）

俄然、やる気になって、ぐいと前に体重をかけた。光子の身体が腰から折れ曲がり、光子の顔がほぼ真下に見える。

上から打ちおろしていくと、ぐいっと屹立が膣の奥まで貫《つらぬ》いて、

「ぁあうぅぅ……！」

光子が今にも泣きださんばかりに、顔をゆがめる。

つづけて打ちおろした。

「あんっ……あんっ……ぁあああ、来そう……メチャクチャにして。わたしをメチャクチャにして」

光子がぼうっと潤《うる》んだ瞳で見あげてくる。

（今だ……！）

富士夫は両手を布団に突いて、体重を乗せながら、杭のように打ち込んでいく。ぐちゅぐちゅといやらしい音がして、

「あんっ、あんっ、あんっ……ぁあああ、イキそう……イク、イク、ぁあぁ、欲

しい！」

光子の切羽詰《せっぱつ》まった声を聞いて、富士夫も一気に絶頂へと駆けあがる。

「イクんだ。そうら、イッていいよ。ああ、俺も出す……！」

上からたてつづけに叩き込んだとき、

「イキます……イク、イク、イグぅ……やぁあああああぁぁぁぁぁ！」

光子がのけぞりながら、嬌声《きょうせい》を放った。

膣が収縮しながら、肉棹を締めつけてくる。負けじと、打ち込んだとき、富士夫も達していた。

脳天まで突き抜けるような射精感に体を反らしながら、男液をしぶかせる。

放つ間も、光子はのけぞりながら、がくっ、がくっと痙攣《けいれん》している。

5

放ち終え、富士夫は結合を外して、太腿の内側を見る。

ぐったりした光子は、されるがままだ。

やはり、左側には赤い蝶は飛んでいない。

だが、右側の内腿には、はっきりとわかる楕円形の赤い模様が浮かびあがっている。

これは、どう判断したらいいのだろう——。

蝶の形ではない。しかし、十五年も経っているのだから、蝶の形の角が取れて、楕円になったとも考えられる。

右と左の違いこそあれ、こんなところに赤い模様があるということ自体、極めて珍しい。だが、問題はこの印《しるし》が気を遣ったときだけに出るものではなく、前からあったことだ。

これは、会長の発言とは食い違う。

わからない。とにかく、訊いてみよう。

「光子さん、素晴らしかった」

言って、隣に横になる。

すると、光子が恥じらって、背中を向けた。

「アカネさん？」

後ろから声をかけた。

「アカネさんでしょ？」

もう一度呼ぶと、光子がこちらを向いて、怪訝《けげん》そうに言った。

「アカネって？」

「……しらばっくれなくてもいい。光子さんは、十五年前、ある社長が溺れそうなところを救って、家で介抱した。そして、そのときできた子供が、光子さんの娘さんだ。大丈夫ですよ。もう隠さなくても……今は会長になったその人が、あなたと娘さんに逢いたがっています」

一気に言いながら、表情をうかがった。

『すみません。隠していて……』

という答えを待った。しかし、返ってきたのは、

「何をおっしゃっているのか、わかりません。有力者でした。でも、その方はもう八年前にお亡くなりになっています。ご存命のうちは、その方から援助をいただいて……それで、何とか娘を育てられたんです」

という明確な返事だった。

「それで、光子さんは南田酒造に入って……」

「はい。お恥ずかしい話ですので、ご内密に願います」

光子が真剣に言う。

光子の話は現実感があって、とても作り事とは思えない。ならば、この太腿の赤みは——。

「すみません。最後にひとつ、妙なことをうかがいますが、この赤い模様は？」

「見つかりましたか？　これはポートワイン母斑《ぼはん》と言って、痣《あざ》の一種なんです。小さな頃からあって……大人になると消える場合が多いようですが、わたしは消えなくて……」

光子が恥ずかしそうに言った。その言葉には現実味と説得力があった。

「そうですか……なるほどね」

残念だが、光子はアカネではないのだろう。

いや、まったく可能性がないわけではない。光子が父親のことでウソをついている可能性だってある。

(完全に候補者から外すのではなく、保留にしておこう)

富士夫は、光子の手首をくっていた帯揚げを外した。

光子は手首を撫でながら、長襦袢を着る。

「もう、行かれるんですか？」

「はい……いけませんか。もっと、したほうがいいですか？」

「いや……今日はもう……でも、しばらくしたら、また逢いたくなるときが来るかもしれません。そのときは……」

光子はうなずいた。

「このことは、くれぐれもご内密に。とくに、蔵元には」

「わかっています。二人のことは絶対に他言しません」

光子が小紋を着て、髪を直し、部屋を出ていったのは、それから三十分後のことだった。

第五章　朱鷺《とき》色《いろ》の乳首

1

寺脇富士夫は、超高速船ジェットフォイルやカーフェリーの発着する両津港から、少し内陸に入ったところにある、トキの森公園に来ていた。

トキを見たいがためではない。

『アカネ』候補のひとりである平野彩乃《ひらのあやの》が、トキの森公園に勤めていて、トキの飼育員をしているからだ。

本名がアヤノだから、とっさに偽名を使ったときに、アから始まる「アカネ」と言ってしまったのではないか――。

それに、トキの飼育をしながら、シングルマザーとして娘を育てているという構図は、何となくおさまりがいい。

いずれにしろ、五人の候補のうち、すでに三人が消えて、残りは二人。

五割の確率なのだから、そろそろ当たりが出てもいい頃だ。

広々とした、透明ガラスで仕切られたケージのなかには、木々が繁り、水路や餌場《えさば》、巣などもある。その自然環境を再現した空間で七、八羽のトキが飼育されている。

（そろそろだな……）

受付の人から、飼育員による餌やりがはじまると聞いていた。

自然を模した小さな池が見られるケージのすぐ外から餌場を見守っていると、白いTシャツにカーキ色のズボンを穿《は》いた女性の飼育員が登場して、餌を置き、こちらに向かって歩いてきた。

髪はレイヤー風のショート。目が大きくて、くりっとした、明るい感じの美形だ。それに、白いTシャツを持ちあげた胸は豊かで、尻もそれなりにあるが、ジーンズに包まれた足はすらっとして長い。

（よかった。これが、平野彩乃だな）

富士夫はスマホの画像と照らし合わせて、確認をする。

三十六歳と年齢が記してあったが、確かに、これまで逢ったアカネ候補者のなかではもっとも若く、三十代前半と言っても誰も疑わないだろう。

彩乃がバケツのなかの黒い生き物を、水場に放した。

（うん、ドジョウか？）

しばらく様子を見守っていた彩乃が顔をあげた。富士夫と目が合ったが、これは気のせいで、このガラスのケージは、トキのために内側から外は見えないようになっているらしい。

彩乃が去って、すぐに一羽のトキがやってきた。

水溜まりに入って、水のなかを長い嘴《くちばし》を使って、さぐりはじめた。

ドジョウをさがしているのだろう。

顔と足は赤く、嘴は黒い。

全体的に白いが、羽はピンクがかっていて、首の後ろもオレンジがかったピンクだ。飛ぶ際に羽を開いたときが、もっともピンクが映えるとも聞いている。

（そうか、これを朱鷺色《ときいろ》と言うのか……）

『日本書紀《にほんしょき》』にトキ＝桃花鳥《つき》という鳥名の記載があったというから、かなり古くから、トキは日本にいたのだ。

一時は絶滅しかけたが、保護増殖のためトキ保護センターが設置されてから、佐渡島でも飼育されたトキが自然に返され、今は数十羽のトキが日常的に見られるようになったのだと言う。

木の下や岩場を嘴でツンツン突ついていたトキが、黒いドジョウを咥《くわ》えて、顔をあげ、長い嘴の間を徐々にすべらせて、飲み込んでいく。

（ほお……こういうのを見るのは初めてだな）

すぐに、数羽がやってきて、ドジョウをさがしはじめた。

ドジョウを自力で捕まえさせて、自然に戻したときに、自分で餌を取れるように育てているのだろう。

（なるほどな……）

ほんとうに、この島でトキに関わる人たちには頭がさがる。

彩乃はここで飼育員をやっているのだから、尊敬してしまう。

だが、尊敬だけで女性は口説けない。

彩乃の知人を装《よそお》って、職員から、彼女は今日は午後五時にあがりだと聞いた。

今日、富士夫は車で来ていた。安いレンタカーを借りている。南佐渡エリアとトキの森公園は距離があるから、車を利用したほうが便利だった。

それに、彩乃の家も南佐渡エリアにあるから、行き帰りは自家用車を使うだろうと踏んでいた。

職員用駐車場の前で車を停めて待っていると、彩乃がやってきた。

飼育員の格好とは一転して、タイトフィットなニットを着、膝丈《ひざたけ》のボックススカートを穿いていた。

彩乃が軽自動車をスタートさせ、富士夫はその後をつける。

彩乃の家の住所はわかっていたが、彼女の動向をさぐりたかった。もし途中でどこかに立ち寄ることがあれば、それが接近するチャンスだ。

彩乃が運転する軽自動車は道を南下している。

十分ほど経過したとき、車が停まり、彩乃が降りた。

富士夫も車を停めて、様子をうかがう。

周囲は田んぼで、彩乃は双眼鏡を取り出して、ある一点を見ている。田んぼには、白に灰色の混ざった鳥が数羽いて、嘴で地面を突ついている。

（あれが、トキか？　朱鷺色じゃないんだが……）

だが、これは彩乃に接近するチャンスである。

富士夫も車から降り、静かに近づいていく。

彩乃が足音に気づいたのか、富士夫のほうを見た。

「あの……あれはトキなんでしょうか？」

おずおずと訊ねると、

「そうです。放鳥されて、繁殖したものです」

「そうですか、あれがトキなんですか。でも、何か灰色ですね」

「よかったら、お使いになりませんか？」

彩乃が双眼鏡を差し出した。

「いいんですか？」

「どうぞ……これで見てください」

手渡された双眼鏡を目に当てて、調節すると、餌を取っているトキの姿が大きく見える。

「今は繁殖期ですから。トキはこの時期、首や羽の色が灰色に変わります。色が濃くなったら、繁殖可能です。トキは卵を雌雄交互に抱いて温めるんですが、その際に、敵に発見されないための保護色だと言われています」

彩乃が澱《よど》みなく教えてくれる。

「いつも、朱鷺色ではないんですね？」

「ええ……秋に羽が抜け替わって、その頃が朱鷺色がもっとも美しい、と言われているんですよ」

何者かわからない富士夫に対しても、警戒心なしで教えてくれる。

彩乃も福島光子と同じで、好きなものに対しては夢中になるタイプなのだろう。もっと距離を詰めたい。

「ありがとうございました。勉強になりました」

富士夫は双眼鏡を返し、

「あれ？　今日、トキふれあいプラザでトキに餌をやっていた方ですよね？　ドジョウを放して……」

「ええ……ご覧になったんですか？」

「はい……大変、興味深く拝見しました」

「そうですか……来ていただいて、ありがとうございます」

「ああ、こういう者です」

富士夫は新しく作った名刺を渡す。

誰もが知っている大手の建設会社の名前と営業部の肩書とともに、富士夫の名前とスマホの連絡先が記してある。

先日、名刺を南田真一に渡せなかったことを反省し、パソコンでニセの名刺を作成したのだ。

「東京が本社ですが、佐渡島でも仕事を取ってこいと言われまして、しばらくこの島にいることになると思います」

「そうですか？　じゃあ、東京の方なんですね？」

「はい……私はバツイチで独身ですので、身軽ですから……ああ、そうだ。失礼でなければ、お名前を教えていただけますか？　トキに大変感動したので、また、トキの森公園に行きたいんですよ。そのときに、お話でもうかがえたらと思いまして……」

「平野と言います」

「平野さんですね。しっかりと頭に刻み込みました」

そのとき、田んぼのトキが一羽飛び立つのが見えた。

「あっ、飛びましたね」

「そろそろ、巣に戻るんだと思います」

「けっこう、速いですね」

「時速六十キロぐらいは出ると言われていますから、両津港と新潟港なら、一時間で飛べるんですよ」

「それはすごい」

一羽のトキが山のほうに消えるのを見届けて、

「ありがとうございました。勉強になりました。あっ、何かありましたら、スマホのほうにご連絡ください。家の営繕《えいぜん》でも、何でもかまいません。また、プラザに行きますので」

富士夫は一礼し、レンタカーに乗り込んで、車をスタートさせる。

彩乃はまだ残っているトキが気になるのか、双眼鏡で田んぼのほうを見つづけていた。

2

二週間後、富士夫は教えられた住所をレンタカーのナビに打ち込んで、平野彩乃の家に向かった。

彩乃から、雨漏りがあるから、見ていただけないかという依頼を受けていた。

まさか、そんな仕事が入るとは思わなかった。

だが、雨漏りくらいなら、どうにでもなる。熊島建設の下請け業者がこの島にもいるから、工事が必要なら、会長秘書の葉山紗江子に連絡をして、会長から手をまわしてもらえばいい。

富士夫はあれから三度、トキふれあいプラザに行って、彩乃の休憩時間にとりとめのない話をした。

彩乃はなかなか警戒心を解いてくれなかったが、三度目にはさすがに、富士夫の好意を感じ取ってくれたのか、自分はシングルマザーで、中学生の娘がいることまで話してくれた。

営業でもそうだが、足繁く通うことはとても大切だ。

相手も、ここまでしてくれてと、その熱意に応えたいと思うようになる。もし、それでも相手が冷たい態度を取るようだったら、見込みがないのだから、さっさと手を引いたほうがいい。

彩乃はトキを飼育しているのだから、愛情深い人なのではないか、と推測していたが、実際そうだった。おそらく、富士夫に対しても愛着を抱いてくれている。

彩乃はもっぱら家とトキの森公園を行き来するシンプルな生活を送っていた。トキのことばかり考えていて、遊ぶ余裕などないのだろう。そのせいもあるのか、こんな美人なのにつきあっている男はいないように見えた。

トキと娘に捧げる人生は充実しているとも言える。しかし、伴侶《はんりょ》がいない寂しさはあるのではないか。その心の隙間に入り込むことができれば――。

佐渡の荒海を眺めながら、海岸線を走り、ナビを頼りに平野家に到着した。

海岸沿いから少し内に入ったところにある平屋だが、娘と二人で住むには十分なひろさだった。

（待てよ……ここが、会長が入水《じゅすい》して助けられた家ではないのか？　十五年前もここに住んでいたとすれば、場所も大きさもぴったりじゃないか……！）

俄然、気持ちが昂《たかぶ》った。

今は午後二時だが、娘は中学に行っていて、夕方まで帰ってこないだろう。彩乃は今日は飼育員の仕事が休みだった。

車を停めて、インターフォンを押すと、すぐに彩乃が出てきた。

部屋着のゆったりとしたワンピース姿は、勤務先で見るきりっとした彩乃とは違って、穏やかでリラックスしており、親密感が増した。

挨拶をして、家に入っていく。

築五十年というだけあって、室内も老朽化が進んでいたが、部屋はきちんと整理されており、内装に手を加えれば、まだまだ住めそうだ。

「すみません。お忙しいところを……」

「いえいえ、これが私の仕事ですから」

お茶をご馳走になっている間に、ここに何年いるのかと訊《き》いた。

「短大を出て、最初はある会社の事務をしていたんですが、その頃からですから、もう、十六年くらいですかね」

彩乃が答えた。

（よしよし、それなら、計算がぴったり合う！）

内心でほくほくしながら、お茶を飲み終えて、雨漏りがするという箇所を確認した。

天井板に雨のシミが波状に浮き出ている。

壁や窓を確かめたが、原因はここではないようだ。おそらく、屋根だろう。

外に出て、ハシゴを借りて、屋根にあがった。

見ると、瓦《かわら》が割れていたり、ずれていたりしていた。ここから雨が沁み込んだのだろう。

ずれている瓦は自力で直したが、割れているところはどうしようもない。

屋根にあがって作業をしている間、彩乃は庭に立って、心配そうに富士夫を見ていた。

風でワンピースがぴったりと張りついて、凹凸《おうとつ》のあるボディラインがはっきりとわかる。

その色っぽすぎる光景に目を奪われて、足を踏み外しそうになった。

三十分ほど作業をして、家に入り、状況を説明した。

「割れた瓦は替えたほうがいいので、すぐに業者を手配します。それまで、今しばらく我慢してください。応急処置をしておきましたので、雨漏りは少なくなると思います」

「ありがとうございます。助かりました」

そう言って、彩乃は茶菓を出してくれた。

居間の和室で向かい合って、お茶を啜る。

レイヤーカットのすっきりした髪形で、ワンピースに前掛けをしているから、家庭的な雰囲気が滲んでいる。

目鼻立ちのくっきりとした美人で、ショートヘアが似合う。

お茶を啜っているせいか、ふっくらとした唇が濡れて、セクシーこの上ない。

富士夫はたとえ任務がなくても、この女を抱いてみたいと思った。

それに、どんなセックスをするのかまったく想像がつかず、それが、男の挑戦欲をかきたてる。

『寂しくて……』と、胸に飛び込んでくれないだろうか。後ろから抱きしめたら、身を預けてくれないだろうか――。

悶々《もんもん》としながらも、チャンスをうかがっていると、ガラッと玄関の扉が開く音がして、

「ただいま……！」

少女の明るい声が居間にも届いた。

「あらっ、娘だわ。どうしたのかしら、今日は早いな……失礼しますね」

彩乃が席を立ち、すぐに、二人の話し声が近づいてきた。

肩に手を置かれた、紺色のブレザーに短いスカートといった制服姿の少女が姿を現した。手足の長い、すらっとした美少女だ。

「娘のアカリです。こちら、雨漏りの調査に来ていただいた建設会社の方で、寺脇さん」

紹介されて、富士夫があわてて立ちあがると、アカリは一瞬、富士夫をつぶらな瞳で見た。それから、ぴょこんと頭をさげて、そそくさと廊下を歩いていく。

「すみません。愛想のない子で」

彩乃が苦笑した。

「いえいえ……」

曖昧に返事をしながらも、富士夫はもしや、と思っていた。

彩乃は会長にアカネという偽名を使った。そして、娘はアカリという名前だ。

（あるんじゃないか……いや、絶対にそうだろ！）

心臓が強い鼓動を打った。

もし、彩乃がアカネだとするなら、アカリは会長の娘ということになる。

ということは、自分は会長の実の娘に逢ったことになる。

母に似て、清楚《せいそ》な感じの美少女だった。

もし、彼女が実の娘なら、きっと会長は大喜びする。財産の大半をアカリに譲るなどと、言いかねない。

富士夫だったら、そうする。それほどに、アカリはチャーミングだった。

彩乃がアカネである確率は高まった。

ならば、一刻も早く彩乃を抱いて、赤い蝶《ちょう》の模様の有無を確かめたい。

しかし、ここは慎重に行かなければいけない。焦って、彩乃に嫌われたら、自分は役目を果たせなくなる。いずれにしろ、娘が帰宅したのだから、ここは早めに帰ったほうがいい。

「すみません。長居してしまいました。そろそろ帰ります」

「そうですか……もう少しいらしても……」

「仕事があるので。すみません。また、連絡します」

富士夫は玄関で頭をさげて、停めてある車に向かった。

車をスタートさせ、海岸線を横目に走りながらも、富士夫の胸の高まりはいっこうにおさまらなかった。

3

三日後、富士夫は五番目の『アカネ』候補である、主婦の窪塚《くぼづか》まり子のことを調べていた。

彩乃がアカネその人である可能性は高いが、確定ではない。

今、熊島建設の下で仕事をしたことがある瓦業者に、本社から声をかけてもらっている。瓦業者が工事をするときに、富士夫も同行して、彩乃との関係をさらに深めたい。

それまでに、最後の候補者を調べておきたかった。

夕方、真野湾の近くで、夫と娘と暮らしていると言う窪塚まり子の家を見張っていると、スマホに電話がかかってきた。

平野彩乃からだった。

(何だろう?)

あわててスマホを耳に当てた。

すると、彩乃の嗚咽《おえつ》するような声が聞こえる。

「どうしました、大丈夫ですか」

話しかけても、返事はない。ただ、彩乃の嗚咽と、咳き込みだけがスマホから聞こえる。

「どうしました?」

「……トキが……わたしが飼育していたトキのクロが、死にました……」

咽《むせ》び泣いている。

彩乃は緊急事態のときに自分に連絡を取ってくれた。そのことがうれしい。彩乃は今、助けを求めている。その期待に応えたい。

「……今、どこですか?」

「処置を終えて、今はうちに戻っています」

「今、真野湾にいますが、これから、すぐに向かいます」

富士夫は電話を切って、急いで、車で平野家に向かった。

彩乃が自分に頼るくらいだから、よほど精神状態が混乱しているのだろう。真面目な飼育員である彩乃にしてみれば、自分が大切に育ててきたトキが死んだことは、相当ショックなはずだ。

彩乃がアカネ候補であるという以上に、人として、彩乃の助けになりたかった。嘆き悲しむ彩乃を放ってはおけない。

街灯の少ない暗い道をヘッドライトで照らして飛ばし、三十分ほどで平野家に到着した。

ひとつの部屋だけに、明かりが灯《とも》っている。

駐車場に車を停め、インターフォンで呼ぶと、玄関ドアが開いた。

黒いワンピースの喪服を着た彩乃が、上がり框《がまち》のところでぼうっと立っている。泣き疲れて、涙でぐちゃぐちゃになった顔が、彩乃の悲嘆の大きさを伝えてくる。廊下にあがって、

「大丈夫ですか？」

肩に手を置くと、彩乃が胸に飛び込んできた。

ぐしゅ、ぐしゅと泣いている彩乃をしばらく抱きしめた。

それから、彩乃を抱えるようにして、居間に連れていく。

「おひとりですか？　娘さんは？」

「……いません。今夜は徹夜になりそうだったので、友人のところに預かってもらっています」

彩乃が答える。なるほど、こういうときにひとりでは、いっそう気持ちが落ち込むだろう。座卓の前に並んで座って、事情を訊いた。

彩乃が雛から育ててきたトキのクロが、飼育ケージに激突して、それが原因で命を引き取ったのだと言う。

「放鳥前だったんです。もう少しで、彼は広い世界に飛び立てたのに……」

彩乃は座っている富士夫に抱きつき、肩を震わせる。

こんなとき、どんな言葉をかければいいのか——。

「大変でしたね。ショックでしょうね」

誰もが言いそうなことを口にして、ぎゅっと抱きしめる。

とても柔軟な肢体が腕のなかでしなって、しゃくりあげが徐々に弱くなり、

「ゴメンなさいね。こんなことで、寺脇さんを……」

「いいんですよ。電話をいただいて、うれしかった。俺は、彩乃さんが好きですから、少しでも、お役に立てれば……。それに、人も生き物もそれぞれ定められた寿命がある。彩乃さんのせいじゃないですよ。クロもそれが運命だったんです。神様が決めることです」

少しでも慰めになればと、言葉を絞り出した。

彩乃が顔をあげて、富士夫を見た。

富士夫もまっすぐに彩乃を見る。

二人の視線がからみあった。

どちらからともなく唇を合わせていた。

キスをしながら抱き寄せると、彩乃は後ろに倒れて、畳に仰向《あおむ》けになる。

とても柔らかくて、ぷにぷにした唇だった。

いったん唇を離れて、額《ひたい》にキスをした。

さらに、涙で濡れている瞼《まぶた》や目元に、ちゅっ、ちゅっと唇を押しつける。

「少し、しょっぱいですね」

雰囲気を和らげようと冗談ぽく言うと、彩乃がはにかんだ。泣き笑いというやつだ。

富士夫はキスをおろしていき、ふたたび唇を奪う。唇を合わせ、ついばむようにキスをして、唇の合わせ目を舌でなぞる。すると、彩乃は口を開いて、なめらかな舌をおずおずと突き出す。舌先を合わせ、戯《たわむ》れさせ、また唇を重ねた。

「んんっ……んんんん……」

彩乃はくぐもった声を洩《も》らしながら、富士夫を強く抱きしめる。キスをおろしていくと、彩乃は顎《あご》をせりあげ、ほっそりした首すじをさらしていたが、我に返ったのか、身体を離して言った。

「ゴメンなさい。わたし……こんなこと……、不謹慎ですよね」

「そうじゃないですよ。人に触れることで、癒《いや》されるんです。こういうときだからこそ、俺はあなたを愛したい。助けになりたい。彩乃さんは真面目すぎます。いいんですよ、時には我を忘れても……クロのことを一時でも忘れてください」

「神様のバチが当たります」

「いいえ、こういうことに神様はこらしめなど与えませんよ。許してくれます。いざとなったら、俺がバチを受けます」

そう言って富士夫はふたたび唇を重ね、黒いワンピースの胸を揉《も》んだ。

たわわな胸のふくらみが柔らかくしなって、

「んんんっ……ぁあああ、んんっ……」

彩乃はぴったりと唇を合わせながら、そうしないといられないとでも言うように、富士夫をぎゅうと抱きしめ、背中をさすってくる。

彩乃の身体は今、燃えあがろうとしている。

だが、目覚めようとしている肉体とそれを不謹慎だと思う気持ちがせめぎあっているようだ。

この一線を越えたい。越えさせたい――。

慎重に舌を差し込むと、奥に引っ込んでいた舌がおずおずと差し出され、舌先が接触する。

静かになぞり、舌の下側にすべり込ませる。

なめらかな女の舌が静かに動きはじめた。

二人の舌がからみあい、富士夫は顔の角度を変えて、唇を合わせる。

じっくりと口のなかに舌を這《は》わせていくと、徐々に燃えてきたのか、彩乃はますます情熱的に舌をつかい、いっそう強く抱きしめてくる。

キスをしながら、胸のふくらみをつかんで揉みあげると、

「んんっ……んんん……ぁああうぅぅ」

彩乃はキスをしていられなくなったのか、顔をせりあげる。

ここは、考える隙を与えずに、一気にいきたい。

富士夫はキスをおろしていき、胸のふくらみに顔を擦《こす》りつけた。黒いワンピースを押しあげた柔らかいふくらみが頬《ほお》に豊かな弾力を伝えてきて、

「んっ、んっ……ぁあうぅぅ」

彩乃は自分の手のひらを口に添えて、洩れそうになった喘《あえ》ぎをこらえた。

身体の高まりを必死に押し隠そうとしている。

黒い裾《すそ》がまくれて、そこから、黒いストッキングに包まれた太腿《ふともも》がのぞいてしまっている。喪服は、否応なしに男の劣情をかきたてるものらしい。

富士夫は胸のふくらみの頂《いただき》にキスをしながら、右手をおろし、スカートの裾をたくしあげた。

ストッキングは太腿までのもので、十センチほどむっちりとした素足がのぞき、その上では純白のパンティが三角に女の秘苑を守っている。

彩乃がスカートの裾を引っ張って、いやいやをするように首を左右に振る。

いまだ、罪悪感から完全には逃れられていないのだろう。

ならばと、富士夫は彩乃を横向きにして、背中のファスナーに手をかけた。下までおろすと、純白のブラジャーのストラップが見えた。ワンピースに手をかけて肩から引きおろす。

黒いワンピースを腰までおろされて、彩乃はこぼれでた純白のレース付きブラジャーを両手をクロスさせるようにして隠した。

引き締まった脇腹から、腰にかけて撫《な》でさすると、

「んっ……んっ……」

彩乃はびくっ、びくっと身体を震わせる。

黒いワンピースに包まれたヒップが悩ましい曲線を見せながら、後ろに引かれ、前に出てくる。

生き物の死を目撃すると、種族保存の本能に駆られて、性欲が増すと言う。彩乃もそうなのだ。それが自分の飼育した大切な生き物なら、なおさら……。

背中のホックを外して、ブラジャーを抜こうとすると、彩乃はゆるんだブラジャーを肘《ひじ》で覆《おお》うようにした。

彩乃を仰向けにし、ゆるんだブラカップを持ちあげる。

こぼれでてきた乳房をそっとつかんだ。

おそらくDカップくらいのお椀形の丸々とした乳房が、しっとりと指にまとわりつきながら沈み込む。頂上の透《す》きとおるようなピンクの突起を慎重に舐《な》めあげると、

「くっ……！」

彩乃が顎を突きあげ、手のひらを口に当てて、洩れそうになる声を封じ込んだ。

丁寧《ていねい》に舌を這わせるうちに、乳首が一段とせりだしてきた。唾液でぬめる乳首はオレンジがかったピンクだ。

（まさに、朱鷺色……！）

飼育員の彩乃が、トキと同じ朱鷺色の乳首を持っている。

そのことを微笑《ほほえ》ましく感じた。

朱鷺色の乳首にしゃぶりつき、口のなかで舌をからめて転がした。

それから、頬張《ほおば》るようにして吐き出すと、いっそう伸びた乳首が震えて、

「あううぅぅ……！」

彩乃がくぐもった声をあげる。

必死に押し殺そうとしても声があふれてしまう、その姿がたまらなかった。

右の次は左と、乳房を替えながら揉み込み、突起を舌であやした。

乳首が強い性感帯なのだろう、つづけていくうちに、彩乃はびくびくっと震えたり、「ぁああ」と喘ぎを長く伸ばしたりする。

乳首をしゃぶっていると、波音が聞こえた。

ここは海岸に近い。荒々しい波が堤防に当たっては砕ける激しい音が耳に届き、そこに、

「んっ……んんん……ぁあああうぅ」

彩乃の低い喘ぎが重なり合う。

女性は身体のなかに、子宮という海を持っている。その小さな海と現実の海が共鳴しあっているのだ。

右手をおろしていき、スカートをまくりあげた。

それとわかる素肌の太腿はひんやりしていたが、引っかかるところがひとつもない肌をなぞり、そのまま、下腹部に手を当てた。

すべすべしたパンティは、基底部だけがじっとりと湿っている。

指でなぞると、彩乃はそこはダメっとでも言うように、太腿をぎゅうと締めつける。

太腿の圧迫を感じながらも、さすりつづけていくと、抗《あらが》いが徐々にやみ、湿りが増して、指が柔らかく沈み込み、

「あっ……あっ……ぁあううん」

彩乃は後頭部を畳に擦りつけて、これまでとは質の違う喘ぎを洩らした。

低い、身体の底から絞り出すような喘ぎが、富士夫を昂らせる。

ますます硬くなった乳首をあやしながら、パンティ越しに割れ目を指でなぞりあげ、上方にある小さな突起を指先で円を描くように愛撫する。

つづけていると、彩乃の腰が揺れはじめた。

「ぁあああ……あうぅぅ」

声をあげるのが恥《は》ずかしいのか、手のひらを口に当てて必死に押し殺しながらも、もどかしそうに腰をせりあげ、おろして、左右にくねらせる。

おそらく、無意識にやっているのだろうが、本能的な腰の動きが、富士夫に勇気を与えてくれる。

身体をずらしていき、両膝をすくいあげた。

太腿までの透過性の強い黒いストッキングに包まれた足はすらりと長い。

白いレース付きパンティは、ふっくらとした陰部を三角に包み込んでいる。

「恥ずかしいわ……」

彩乃が太腿をぎゅうと内側によじり込んだ。

「恥ずかしくなんかないですよ。そんなことを言うなら、俺なんかもっと恥ずかしいですよ」

富士夫はいったん足を放して、ズボンとブリーフを脱いだ。

ブリーフをおろしたはなから、肉の柱が頭を振って、それを見た彩乃がびっくりしたように目を伏せる。

「俺だって、こんなになっているんです。恥ずかしいでしょ？」

そう言って、ふたたび彩乃の足をすくいあげる。

黒いストッキングと白いパンティの狭間《はざま》の太腿に目をやる。

本人と娘の名前、この家の位置から推《お》して、彩乃がアカネである確率は高いという気がしていた。

だが、左足の内腿にも、反対側にも赤い印《しるし》はない。

（いや、これでいいんだ。絶頂に達したときだけ浮き出るものなのだから、今はなくていいんだ）

そう自分を納得させて、基底部に顔を寄せた。

ふっくらした肉丘の周囲には数本の陰毛がはみ出していて、白いクロッチにうっすらとシミが浮き出ていた。

そこに舌を走らせる。唾液が布に沁み込んでいって、

「んっ……んっ……ぁあああ、あうぅぅ」

彩乃が声を押し殺しながら、指で畳を引っ掻く。

白いパンティが唾液と蜜で濡れて、陰唇《いんしん》の形や色、谷間の窪《くぼ》みがくっきりと浮かび出てくる。

富士夫は基底部をつかんで、ひょいと横にずらした。

向かって左側のぷっくりした肉びらがあらわになって、それにしゃぶりついた。鼠蹊部《そけいぶ》を舌でなぞり、さらに、陰唇の外側を丹念に舐めていると、彩乃の気配が変わった。

「あうぅ……くっ……ぁあああああぁぁ」

心から感じているという声を洩らす。

「気持ちいいでしょ？」

同意を求める形で訊くと、

「……はい」

彩乃が答える。

今ひとつ答えに覇気がないのは、トキを亡くしてすぐに、自分が快感を得ることに後ろめたさがあるからだろう。だが、一線を越えれば、今、抑えているものが弾《はじ》けるのではないか――。

そこに期待して、丁寧に陰部に舌を走らせた。

彩乃は陰部も色が薄い。

指で開くと、オレンジがかったピンクの内部がぬっと現れた。

朱鷺色よりも濃いが、ぬらぬらと美しく光っている。

吸い寄せられるように舐めた。基底部を反対側に寄せ、ぬめる狭間に舌を幾度も走らせ、上方の肉芽《にくが》にも舌を届かせる。

包皮をかぶったクリトリスを下から、ゆっくりと大きなストロークで舐めあげていると、それが感じるのか、

「あっ、あっ……」

という短い喘ぎが、

「ぁあああ、あああああ……」

と、長い詠嘆《えいたん》の声に変わった。

かわいらしい陰核を執拗《しつよう》に舐めしゃぶっていると、

「ぁあああ、あああああ……寺脇さん、もう……」

彩乃が顔を持ちあげて、富士夫を見た。その大きな瞳が潤《うる》んで、欲しい、欲しいと訴えている。

「寝室に行きましょう」

富士夫が言うと、彩乃も緩慢な動作で立ちあがった。

4

娘の部屋の隣が、彩乃の部屋になっており、海岸に面した窓にはカーテンが引かれていた。

洋間にリフォームされた狭い部屋には、一方にデスクとパソコンが置かれ、本棚にはトキ関係の書物がずらりと並んでいた。

その反対側にシングルベッドが置かれている。

彩乃は背中を向けて、ワンピースと下着、ストッキングを脱いだ。一糸まとわぬ姿になって、胸と下腹部を隠しながら、布団をめくってベッドに身体を横たえる。

全裸の富士夫もそっとベッドに入り、後ろから裸身を抱き寄せた。

「さっきの部屋より、海の音がよく聞こえますね」

「ええ……海の音って聞きたいときと、邪魔だって感じるときがあるんですよ。聞きたくないときは、雨戸を閉めます」

「今は？」

「聞いていたいわ」

彩乃はくるりと振り返り、富士夫の胸に顔を埋める。

手をおろしていき、富士夫の下腹部のものをおずおずと握って、これが早く欲しいとでも言うようにしごいてくる。

キスをせがんできたので、唇を合わせる。舌をからませていると、彩乃は唇を重ねながら、屹立《きつりつ》をしごいてくるので、どんどん意欲が湧《わ》いてくる。

と、彩乃が上になって、富士夫の胸板に愛らしいキスを浴びせ、乳首を舐める。唇を窄《すぼ》めて、乳首を刺激し、舌先をつかってちろちろとくすぐりながら、ゆったりと肉棹《にくざお》を握りしごく。

（ようやく、その気になってくれたんだな）

これが彩乃の本来の姿なのだろう。

乳首を舐められ、いきりたちをぎゅっ、ぎゅっと擦られると、早く繋がりたいという気持ちが強くなった。

彩乃はキスをおろしていき、富士夫の腹にツーッと舌を走らせる。

顔が下半身に達し、横から肉棹を頬張ってくる。

布団が落ちて、真横を向いた彩乃が、いきりたちに唇をかぶせて、顔を打ち振る姿がまともに見えた。

俊敏な牝豹《めひょう》を思わせるしなやかな体つきで、出るべきところは出たボディラインをしていた。筋肉質の尻が後ろに突き出され、ウエストは見事にくびれ、背中のラインがしなやかでありながら、どこか獣を思わせる。

下を向いた乳房は豊かなので、そのギャップが煽情的《せんじょうてき》だ。

ショートのレイヤーカットだから、髪をかきあげる必要はない。刈りあげられたうなじがボーイッシュで、倒錯的なエロスをかもしだしている。

真横から肉柱を咥え込んで、ゆったりと顔を打ち振る。

その首振りが徐々に速く、大きくなって、もたらされる快美感に富士夫は「くっ、くっ」と呻《うめ》いた。

彩乃はいったん吐き出し、いきりたちの根元を握って、ぎゅっ、ぎゅっとしごいた。それから、また唇をかぶせて、余った部分に唇をすべらせる。どんな形であれ、フェラチオは気持ちいい。心理的にも男の支配欲を満たしてくれる。

だが、結局のところ、亀頭冠《きとうかん》を中心に唇を往復されるのが、いちばん快感が高まる。

彩乃はそれを知っているのだ。

包皮をぐいとさげられて、張りつめた亀頭冠をなめらかに唇でしごかれると、早く挿入《そうにゅう》したいという気持ちが盛りあがってきた。

「……そろそろ。できれば、彩乃さんが上になっていただければ……」

言うと、彩乃はちゅるっと吐き出して、おずおずと下半身をまたいだ。

片方の膝をあげ、いきりたちを翳《かげ》りの底に押しあてて、静かに腰を落とす。

ギンとしたものが、とても狭い入口をこじ開けていく。途中で彩乃は両膝をベッドに突き、そのまま、沈み込みながら、

「ぁあああ……！」

上体を一直線に伸ばし、

「ぁあ、くっ……！」

きつそうに唇を噛《か》んで、顔をしかめた。

富士夫のイチモツはさほど大きいわけではないが、おそらく、彩乃はひさしぶりに男のものを受け入れたのだろう。

確かに、膣《ちつ》は窮屈で、硬さが見られる。

彩乃はしばらくじっとしていたが、その間も、膣のなかが断続的に締まり、勃《ぼっ》起《き》を奥へ奥へと引き入れようとする。

（たまらんな……！）

富士夫がその食いしめをこらえていると、彩乃がゆっくりと腰を振りはじめた。

両手を腹に突いて、腰から下を前後に揺らす。

まだ硬さの残る膣でぐいぐいと屹立を揉み抜かれて、富士夫は必死にその快感をこらえた。

最初は声さえ出ないようだったが、少しずつ調子が出てきたのか、

「あっ……あっ……」

彩乃は小さな喘ぎを洩らして、すっきりした眉《まゆ》を八の字に折る。ぎゅっと目を閉じて、ひたすら腰を振る。

いっこうに息が弾まないのは、やはり、日頃から飼育員としてハードワークをこなしているからだろう。

彩乃が膝を立てて、後ろに反った。

両手を富士夫の足に突いて、のけぞるようにしながら、腰を激しく前後に打ち振る。

台形の薄い翳りの底に、イチモツが出入りするさまが、まともに見えた。

富士夫の視線を感じたのか、彩乃は腰を振りながらも、

「……恥ずかしいわ。こんなになって……」

口ではそう言う。それでも、腰の動きはどんどん活発になっていく。

ちゅるっと肉棹が弾かれて、彩乃は抜けたイチモツをつかんで、翳りの底に押しつけ、腰を沈ませる。それが嵌《は》まり込むと、顔をのけぞらせて「くっ、くっ」と呻きながら、腰を振る。

「こっちに」

言うと、彩乃が覆いかぶさってきた。

唇を合わせながら、突きあげた。屹立が斜め上方に向かって、粘膜を擦りあげていき、

「んっ……んっ……ぁあぁぁ」

キスしていられなくなったのか、彩乃が顎をせりあげる。

「気持ちいいですか？」

「はい……気持ちいい」

腰をつかみ寄せて、下から突きあげると、分身が嵌まり込みながら、窮屈な膣を擦りあげていき、

「んっ……んっ……ぁあああうぅ」

彩乃がひしとしがみついてくる。

ふたたび唇を奪い、なかで舌をからませる。そうしながら、ぐいぐいと擦りあげる。

「んんっ……んんんっ……んっ……んっ……んっ……！」

彩乃は唇を上から重ねながら、くぐもっているが激しい声を洩らし、ますます腕に力を込める。

5

富士夫は彩乃を仰向けに寝かせて、膝をすくいあげた。

ふたたび突入して、膝を開かせたまま、様子をさぐる。

（Ｇスポット派か、それとも、ポルチオ派か？）

浅瀬のＧスポットを素早く擦りあげると、「ぁあああ、あああ」と陶酔《とうすい》したように声を長く伸ばす。

一転して、ぐいと奥へと打ち込むと、

「ぁあああぁぁ……！」

彩乃はここが自宅であることを忘れてしまったような激しい喘ぎをこぼし、枕を手でつかむ。

両方感じるような気がする。きっとそうなのだろう。

浅瀬をピストンして、仕上げにポルチオというところか──。

先日パソコンで動画を見ていたら、有名なＡＶ女優が、Ｇスポットの少し奥に、『奥Ｇスポット』という性感帯があるのだと言っていた。

もしそれが事実ならば、膣には三カ所、強い性感スポットがあるわけで、これはもう、長いストロークで天井側を擦りあげていくしかない。

同じ体勢でつづけて突いたのだが、どうも、彩乃は一定以上高まっていかない。やはり、一体感や信頼感が足らないのだろう。

富士夫は足を放して、覆いかぶさっていく。

キスをして、さらに情感を高め、肩口から手をまわして抱き寄せながら、ぐいぐいとめり込ませていく。

「あっ……あんっ……ぁあああ、気持ちいい。寺脇さん、気持ちいい」

彩乃は両足を大きく開いて、勃起を深いところに導きながら、ぎゅっとしがみついてくる。

随分と柔らかみを増した膣が、ぐにぐにとからみついてきて、とても気持ちがいい。

また唇を重ね、腰をつかって、一体感を演出した。

キスをやめて、腕立て伏せの格好で、様子を見ながら、同じリズムでえぐり込んでいく。

次に緩急をつけて、浅瀬を擦り、三浅一深《さんせんいっしん》で叩きつけると、

「あっ……あっ……あっ……ぁあああ」

形のいい乳房を大きく縦に揺らせて、彩乃は富士夫の両腕をがっちりとつかみ、とろんとした目で見あげてくる。

その涙ぐんだような目が、たまらなかった。

ザッブン、ザッブンと岩場に荒波が打ち寄せる波音が強くなっている。海が荒れてきた。そして、日本海の荒波とシンクロするように、彩乃も呼吸を早め、さしせまった喘ぎを放った。

「イキそう？」

「はい……はい……」

「いいんだよ。イッて……そうら」

腕立て伏せの形で、腰を打ち据《す》える。

「ぁああ、ああ……来そう……来るわ、来る……！」

彩乃は痛いほどに、富士夫の腕を握って、のけぞっている。

（よし、今だ……！）

たてつづけに深いところに打ち込んだとき、

「あっ……あっ……来ます……くうぅぅ……うはっ……！」

彩乃が顎を突きあげた。

腕から手を放して、ベッドの端をつかみ、のけぞり返る。

汗ばんだ肢体が撥《は》ねて大きく波打ち、それから、エネルギーが尽きたようにがっくりと動かなくなった。

絶頂に達したのだ。

富士夫はまだ射精していないから、冷静でいられる。

とっさに、結合を外して、彩乃の太腿を見た。

(絶対に蝶が飛んでいるはずだ……！)

だが、左右の太腿は昂奮で桜色に染まっているものの、赤みはまったくさしていない。

(おかしい……そうか、まだイキ方が足らないんだな)

富士夫は枕をつかんで、彩乃の腰の下に置いた。

足を開かせて、太腿の奥を舐める。

台形のうっすらとした繊毛《せんもう》を感じながら、狭間に舌を走らせる。ややひろがった濃い朱鷺色の狭間に舌を躍らせると、

「ぁあああ、あああ……」

彩乃が陶酔しているような声を長く伸ばした。

「気持ちいいんだね？」

「はい……はい……すごく、いい……あうぅぅ」

女性は一度気を遣《や》っても、もっとイケる。男とは違って、するほどに快感は増

す。

以前、女性から、イッたあとにじっくりとクンニされると、すごく気持ち良くなって、またしたくなる、と聞いたことがある。

それを実行した。

枕の上で、彩乃の下腹部が微妙にせりあがり、横揺れした。

富士夫は上体を立てて、また挿入する。

いまだギンとしたイチモツが沼地にすべり込んでいき、

「ぁあああ……また……！」

彩乃が顔をのけぞらせた。

絶頂に達した女の体内は、温度があがっていて、熱く感じる。しかも、いっさいの硬さが消えて、柔らかくほぐれている。

両手を立てて、左右の足を持ちあげ、体重を前にかけながら、打ち込んでいく。とろみの増した膣を勃起が擦りあげていき、Gスポットと奥Gスポットを経由して、ポルチオに当たり、

「あんっ……あんっ……ぁあああ、信じられない。信じられない……」

彩乃がうわ言のように呟《つぶや》く。

「いいんだね？」

「はい……はい……ぁあああ、わたし、おかしい……もう、おかしい」

彩乃は頭の後ろをベッドに擦りつけ、

「あん、あん、あんっ……」

愛らしい声で喘ぐ。

富士夫は放ちたくなったが、意地でこらえた。

（赤い蝶が飛ぶまで、何度でもイカせてやる……！）

これはもう妄執《もうしつ》に近い。

ザップン、ザップン……。

また波が打ち寄せる音が大きく響き、それとともに、彩乃も高まっていく。

もう何かにつかまっていないといられないといった様子で、ベッドの端をつかみ、胸を大きくせりあげ、顔を激しく左右に振る。

「来る、来ます……ぁああ、信じられない。わたし、また……ぁあああぁぁ」

富士夫が強いストロークを奥に叩き込んだとき、

「いやぁあああああ……くっ！」

彩乃は顎を高く突きあげ、のけぞり返った。

がくん、がくんと躍りあがり、それから、ゼンマイ仕掛けの人形の、バネが戻りきったかのように、ぴたりと動かなくなった。

富士夫は放っていない。

ゆっくりと肉棹を抜いて、彩乃の足を持ちあげて、内腿に目を凝《こ》らした。

（ない、ない、ない……！）

いや、まだ完全に気を遣っていないのだ。きっと、そうだ……。

認めたくはない。彩乃の足を開かせて、また、クンニをする。

舌を這わせると、蜜でぐちょぐちょになった雌花《めばな》がまとわりついてきて、

「ぁあああ、あああ……」

彩乃の腰がまた揺れはじめた。

第六章　絶蝶が飛ぶとき

1

寺脇富士夫は病院のベッドで味の薄い病院食を食べていた。

二週間前、平野彩乃を何度イカせても、結局、赤い蝶《ちょう》の模様は現れなかった。

（違うんだ……）

セックスをする前までは、彩乃＝アカネの可能性は高いと信じていたので、さすがにがっくりきた。

最後に、彩乃にアカリちゃんの父親のことを訊《き》いたが、彼女は言葉を濁して、教えてくれなかった。

だから、今も父親が熊島会長である可能性を捨てきれない。

（会長、だいぶお歳だし、赤い斑紋《はんもん》なんて、最初からなかったんじゃないか、会長の妄想が作り出した絵空事じゃないか？）

そう会長を疑った。

だが、五人の候補者のうち、四人が消えたのだから、会長の言うことを信じるならば、残るはひとり。窪塚まり子だけだ。

まり子がアカネであるならば、富士夫はほんとうについていない。五人に一人なのに四回も外したのだから……。

(まあ、でも、そんなものかもしれない。俺の人生は……)

しかし、ここで、めげてはいけない。逆に言えば、最終候補を絞り込むことができたのだから、あとはまり子を抱けば終わる。

そう思って、必死にまり子を調べた。

まり子の夫は高校で英語を教える四十八歳の教師で、五年前にまり子と再婚している。

それまで、まり子はシングルマザーとして娘を育て、結婚後は専業主婦として幸せな家庭を築いていると言う。

興信所がリストアップしたのだから、当然そうなのだが、条件的にはぴったりと合う。

意気込んで、毎日のように車で真野湾近くのまり子の家まで通って、監視をつづけた。まり子の生活形態がほぼわかり、よし、これからアタックというときになって、右下腹部に猛烈な痛みを感じた。

少し前から、腹の中央あたりに痛みもあり、吐き気もあった。

ここに来てから、ストレスのかかる生活を送っているから、神経性の胃炎だろう——。

そうタカをくくっていたのだが、尋常な痛みではないし、痛む箇所が中央から右下腹部に移ってきたことが気になった。

その日のうちに、南地区の病院で診察を受けた。虫垂炎だった。

治療としては、抗生剤を使う保存的治療と手術があるが、だいぶ症状が進んでいるらしく、緊急手術を勧められた。

担当の医師の説明では、腹腔鏡下手術《ふっこうきょうかしゅじゅつ》を導入しているので、手術痕も小さいし、術後四日から長くても一週間で退院できると言う。

東京にいる葉山紗江子に相談したところ、「それなら、さっさと切りなさい。費用はこちらで工面するから」というありがたい言葉をもらった。

富士夫はその日のうちに入院して、翌日、手術をしてもらった。

S旅館の仲居頭、長谷川藍子に事情を話したところ、心配してくれて、部屋から下着や服の着替えを持ってきてくれた。

弱っているときに親切にされると、心が動く。

富士夫は、藍子と結婚したい、この使命を終えたらプロポーズしよう——とマジに思った。

今は術後三日目だが、幸い経過は順調で、数日後には退院できるらしい。

(いい休暇をもらったと思えばいい……それに、ここには仁美《ひとみ》ちゃんがいるからな)

吉岡《よしおか》仁美は、ここS病院の看護師で、副主任を務めるナースだ。

年齢は三十代前半と言ったところか。入院病棟勤務で、富士夫の担当ナースだから、接する機会が多い。

すらりとして均整の取れた体つきをした、笑顔美人である。

容姿だけではなく、性格もとてもやさしく、気さくであり、その笑顔に癒《いや》される。

早く退院して、まり子と接近しなければと焦る反面、もう少し長くここにいて、吉岡仁美の笑顔を見ていたいという気持ちもある。

しかし、今日ばかりはそうも言っていられない。葉山紗江子がここに来るからだ。

見舞いとは言っているが、実際はいつまで経ってもアカネを見つけられない富士夫に業《ごう》を煮やして、叱咤《しった》しに来るのだろう。

昼食を終えて、トレイを廊下の配膳車に置き、トイレに行く。

小便をし、部屋に戻った。

最近は病室でも、スマホを使える。ひとり部屋だから、問題はないが、一応、イヤホンを耳に入れて、動画を見る。

好きな女性歌手の動画を見ていると、いきなり、イヤホンが耳から抜き取られて、

「随分といいご身分ね」

美しい顔がぬっと現れた。

「あっ……」

葉山紗江子だった。

東京から来るのだからもっと遅い時間だろうと推測していた。

「すみません」

富士夫はあわてて動画を切り、紗江子を見あげた。

逢うのは数カ月ぶりだが、相変わらず紗江子は凛《りん》としてきれいだ。

「ちょっと窶《やつ》れたわね。病気のせい？」

「あ、はい……いえ」

紗江子を前にすると、たじたじとなっていつもの調子が出ない。

「どっちなの？　まあ、いいわ。経過が順調でよかったわ。あなたが使いものにならなければ、誰か他の人に交替しないといけないでしょう？」

「ああ、大丈夫です。それは……あと数日で退院できますから」

富士夫はこの使命を成功させて、営業部に戻りたいから、必死だ。

「でも、虫垂炎のオペの後って、一カ月くらいは激しい運動を控えないといけないんじゃなかった？」

紗江子が言う激しい運動とは、セックスのことだろう。

「いえ、受けたのは腹腔鏡下手術なので、大した傷痕もないし、大丈夫です」

「確かめてみるわ」

紗江子は、ベッドの周囲にかかっているブルーのカーテンを閉めた。カーテンでU字形に覆《おお》われて、二人は水色の空間に閉じ込められる。

紗江子は布団を剝《は》ぎ、富士夫の着ている病衣の前を開いて、手術痕を確かめ、

「三カ所もあるのね。でも、ほんとうに小さいわ。これなら、大丈夫かもしれないわね。下着はつけていないの？」

「はい……手術痕が擦《こす》れますから」

「あら、毛剃りしているんだ」

「はい……一応」

「いやね。露骨で……でも、きみのここ、しょぼくれちゃって……こんなんで、女性を悦《よろこ》ばすことができるかしら」

紗江子はちらりと富士夫を見て、だらんとしている芋虫みたいな肉茎をつかんで、ぶんぶん振った。

「ああ、いけません。ダメですって……傷口が！」

「大丈夫よ。そこはちゃんと気をつけてあげるから……ふふっ、どんどん大きくなってる」

紗江子が艶《なま》めかしい目を向ける。

ベッドに尻を乗せて、身体を斜めに傾けているので、サイドにスリットの入ったタイトスカートから、美脚とともにむっちりとした太腿《ふともも》が見えてしまっている。

富士夫はこのスリットというやつに弱い。

この内側を実際に体験して、なかに何があるのかわかっているのに、なぜこうも昂奮してしまうのか——。

「これなら、大丈夫そうね。安心したわ……残るのは、窪塚まり子だけだけど、調査のほうは進んでいるの？」

紗江子はいきりたってきたものを握って、ゆっくりと慎重にしごきながら、猫科の目を向ける。

「ああ、はい……もう、ライフスタイルはつかんでいるので、あとは実際に逢って、どうにかして……」

「そう……でも、四人と寝て、四人とも赤い蝶が出なかったというのは、あれよね」

「ああ、はい……運がなかったんだと思います。もともと、クジとかは外ればかりなので」

「なら、いいんだけど……。イカせたつもりが、じつはイッていなかった、なんてことはないの？　女性は意外に多くの人が、イッたふりをするから」

「いえ、それはないと思います……ちゃんと……ああ、ちょっと……くうぅうぅ！」

富士夫は最後まで言えずに、唸った。

紗江子が分身を頰張《ほおば》ってきたのだ。

ルージュの光るぷにっとした唇で、ゆったりと勃起《ぼっき》をしごかれると、えも言われぬ快美感がひろがってくる。

紗江子はほぼ真横から、這《は》うようにしていきりたちに唇をかぶせ、時々、ウエーブヘアをかきあげる。

タイトスカートに包まれたヒップとしなった背中がセクシーすぎた。

しかも、ここは自分が入院している病室で、いつナースが来るかもわからないのだ。

「ダ、ダメですよ」

「平気よ。何のためのカーテンよ」

紗江子はいったん吐き出して言い、今度は側面を舐《な》めあげてくる。ぬるるっと、なめらかな舌が這いあがる。

亀頭冠《きとうかん》を巧妙に舐められ、尿道口を舌先でくすぐられる。

（ああ、気持ちいい……！）

やはり、紗江子のフェラチオは素晴らしい。しかし、あまり感じすぎてびくんびくんしていたら、きっと手術痕に悪い。

(感じてはいけない……)

だが、紗江子に上から頬張られ、チューッと吸いあげられると、

「くっ……!」

思わず腰があがり、

「いててっ……!」

かすかな痛みが走った。

「バカね。動くからよ。じっとしていなさい」

唾液まみれの肉柱を吐き出して言い、紗江子がまた唇をかぶせてくる。

(ああ、何て女だ……!)

必死にこらえた。しかし、根元を適度な圧力でもって握られて、ぎゅっ、ぎゅっとしごかれながら、余った部分に素早く唇を往復されると、射精前に感じる熱い高揚感がふくれあがってきた。

(ダメだ。出てしまう……! いや、だけど、射精したら体が動く。そうなると、手術痕が……)

葛藤《かっとう》しつつも、必死にこらえていると、病室のドアが開く音がして、ナースシューズがリノリウムの床を踏む、きゅっ、きゅっという音が近づいてきた。

「寺脇さん？」

女の声がする。吉岡仁美だ。

紗江子は富士夫の病衣の前を閉じ、さっと離れて、立ちあがり、口許についた唾液を拭《ぬぐ》う。

「よろしいですか？」

ふたたび、仁美の声。

「はい、どうぞ」

富士夫が布団をかぶるのと、カーテンが開けられるのは、ほぼ同時だった。

二人を見て、

「すみません。お邪魔でしたね」

仁美が目を伏せた。

「寺脇さんが背中が痒いというので、掻いてあげていたんですよ」

紗江子がとっさに言い訳をした。

「お見舞いの方ですね？」

仁美が柔らかく微笑《ほほえ》んだ。

「ああ、はい……俺の上司で、わざわざ東京からお見舞いに来ていただいて……葉山部長です。部長、こちら、担当ナースの吉岡さん」

富士夫はいけないことをしていたという罪悪感とそれを隠したいという思いで、ついつい、しなくてもいい紹介までしてしまう。

「うちの寺脇がお世話になっております」

紗江子が丁寧《ていねい》に頭をさげて、

「いえ、いえ……寺脇さんは手のかからない、模範的な患者さんですので……」

仁美がにこっと笑う。

その明るくて、慈愛に満ちた笑顔は、まさに聖母マドンナの微笑みだ。

タイプの違う美女二人の顔合わせに、なぜか富士夫はドキドキしてしまう。

仁美は白いフィットタイプのナース服に、白いナースキャップをかぶっている。その昔ながらのナースの制服が、富士夫は大好きだった。

仁美が一転してきりっとした面持ちで言った。

「退院のことでご相談に来ました。術後の経過も順調なので、このまま何もなければ、明後日に退院できます。それでよろしいでしょうか？」

「ああ、はい……なるべく早く退院したいので」

「それでは、明日、退院手続きの用紙をご用意いたしますね」

「はい……そうしてください」

「では……」

仁美はくるりと踵《きびす》を返して、ナースシューズで床をきゅっ、きゅっと鳴らしながら去っていく。

ぴっちりしたナース服が優美なヒップに張りつき、白い透過性の強いストッキングに包まれたふくら脛《はぎ》が、清潔なエロスを匂い立たせている。

「今のナース、吉岡さんだっけ？」

紗江子が言う。

「はい、吉岡仁美さんで、病棟の副主任をしています。すごくやさしくて、仕事もできる方です」

「ふうん……お幾つなの？」

「さあ、聞いていないからはっきりとはわかりませんが……三十代前半ってところじゃないでしょうか」

「いや、もっといってるわね。三十の後半だと思う」

「そんなに、いってますかね？」

「女性の年齢は、同性のほうがわかるのよ。お子さんは？」

「いえ、それも聞いていません。結婚はしているって聞きましたけど」

紗江子がベッドに腰をおろして、眉根《まゆね》を寄せた。

「……何か匂うのよ。彼女、会長の好きなタイプなのよねえ。わたしにはわかるの。それに……溺れそうな会長が手当てを受けて回復したんだから、アカネには看護の心得があったと考えるのが自然でしょ？」

「ああ、なるほど……でも、吉岡仁美さんは興信所の候補者にあがっていません。おかしくないですか？」

「興信所だって、ミスはあるわよ。何らかの原因で、リストから洩《も》れたかもしれない。とにかく、早急に調べて……退院する前に」

「それで、もし条件が合致したら……」

「それこそ、あなたの出番じゃないの。どうにかして、彼女と寝て、赤い蝶の有無を確かめるのよ。違う？」

上からじっと見られて、富士夫はその瞳に吸い寄せられる。

「アカネの可能性があるときは、何とかして入院を延ばせばいいわ。その費用はうちが出すから。退院してしまったら、彼女を口説き落とすのに、時間がかかるんじゃない？」

「それって……病院でしろってことですか？」

「……そうなるかしら」

「でも、彼女、俺とは寝てくれないと思いますよ」

「そうとは限らないんじゃないの。ナースって『白衣の天使』とか呼ばれているけど、じつは、女性のエッチ好きな職種の上位にランクされているようよ。ナースは身体の仕組みをよくわかっているし、男の体に触り慣れているから、エッチも上手いって言われているの。吉岡仁美さんも、清純そうに見えるけど、ベッドのなかでは乱れると思うわよ。女のわたしにはわかるの。上手く誘えば、絶対に乗ってくる」

　確信を持ったように言われると、そうかもしれないと思ってしまう。

「頑張りなさいな。あと、もう少しじゃないの。営業部に戻りたいんでしょ？」

　富士夫がうなずくと、紗江子は唇にキスをして、舌を潜り込ませてくる。

　富士夫がその気になったとき、さっと身体を離し、

「わたしは今日中に東京に戻るけど、何かあったら相談して。いいわね？」

「ああ、はい……」

「じゃあ、頑張ってね」

紗江子は着衣の乱れを直し、スリットが切れ込んだ太腿《ふともも》をのぞかせて、病室から出ていった。

2

その日のうちに、吉岡仁美について調べた。

彼女と親しいナースに訊いたところ、仁美は若く見えるものの実際は三十六歳で、この病院に勤務して、九年になる。

しかも、仁美はシングルマザーらしいのだ。

娘がいて、年齢ははっきりわからないが、中学校に通っていることは確かだと言う。

ガーンと来た。

三十六歳で、中学生の娘がいるなんて、まさに『アカネ』の条件にぴったりではないか——。

さすが、と葉山紗江子を見直した。

いくらリストアップされていなかったとはいえ、こんな近くにアカネ候補がいながら、見逃していた自分の迂闊《うかつ》さを責めた。だが、すぐに思い直した。

（いや、どんな事情があったにせよ、仁美を見逃していた興信所が悪いのだ）

結局のところ……いやいや、そんなことより、いかに仁美を攻略するかだ、と前向きに考えることにした。

帰京途中の紗江子にスマホでその点を告げたところ、

『やはりね。そんな気がしていたの。わたしは、彼女がアカネだと思うの。入院を延ばしてもらって、その間に結果を出しなさい。ナースは仕事が不規則で多忙だから、なかなか恋人ができなくて、欲求不満な人が多いの。ストレスも多いしね。仁美さんだって、シングルマザーなんだから、満たされていないと思うわよ。ストレスも抱えているでしょう。あなた、候補を何人も抱いたせいだろうけど、いい感じに仕上がっているわ。大丈夫。捨て身で行きなさい。告白されて、心からいやな女なんていないわよ』

と、力強く背中を押された。

こうなったら、攻めるしかない。

翌日、退院の手続きをする前の診察で、

「すみません。ちょっとまだ、お腹が痛くて、オナラも出ていません。もう少し入院させてください」

いかにも具合が悪そうに、ドクターに訴えた。

「そんなはずはないんですがね……」

若いドクターは渋面《じゅうめん》をつくっていたが、病室が空いていたこともあってか、

「では、もう少し様子を見てみましょう」

と、退院を延期してくれた。

立ち会っていた仁美が、

「具合が悪かったんですね。病室に戻ったとき、すみません、わたしが察知できていなくて」

申し訳なさそうに言うので、

「いや、そうじゃないんです」

「どういうことですか？」

「じつは……俺、退院したくないんですよ」

「えっ……？」

仁美がかわいらしく小首を傾げた。こういうわざとらしいことをしても、仁美は絵になるから不思議だ。これで、三十六歳だなんて、誰が信じるだろうか。

富士夫はあらかじめ考えていたことを口にした。

「じつは俺、この島の会社で営業をしているんですが、仕事が上手くいっていなくて……。退院して職場に戻ったら、またいじめられます。営業成績が悪いから、当然なのかもしれませんが……とにかく、ひどいブラック企業なんです。契約が取れるまでは帰ってくるなって、恫喝《どうかつ》され……ひどいときは土下座させられて……だから、退院したくないんです。もう、四十五歳なのに戦力にもならないどうしようもない男なんです」

ベッドに座って、「うっ、うっ」と泣く真似をすると、

「大丈夫ですよ。大丈夫……大変ですね」

同情してくれたのだろう、仁美が前にしゃがんで、富士夫の背中に手をまわして、ぽんぽんとかるく叩いて慰めてくれる。

(ああ、やはり、いい人なんだな)

富士夫は自分が騙していることに後ろめたさを感じたが、こうでもしないと、仁美をその気にはさせられない。

仁美はナースという職業柄もあるだろうが、実際にも患者に愛情が深く、つねに寄り添ってくれる。だから、泣き落としがいちばんだろうと踏んでいた。

「でも、安心しました。わたしが見過ごしていたんだとばかり……」

「違うんです。ご自分を責める必要はいっさいありません。仁美さんは素晴らしいナースです。あなたが担当でほんとうによかった。あなたとこうしているときだけなんです、心が休まるのは」

「………」

仁美は無言で、富士夫の髪や背中を撫《な》でてくれる。

腰を引いているが、仁美の顔が富士夫の顔のすぐ隣にあって、その息づかいや温かさが感じられる。白衣越しにオッパイの柔らかさも伝わってくる。

富士夫は、騙してゴメンと心のなかで謝りながらも、股間のものがむくむくと頭を擡《もた》げてくるのを感じる。覚《さと》られてはいけないと、太腿に強引に挟んで、勃起を隠した。

仁美は身体を離し、前にしゃがみ、同じ顔の高さで富士夫の手を取って、両手を挟むように重ね合わせた。

「安心してください。今のことは、ドクターに言いませんから。働く気になるまで、ここにいていいですよ」

切れ長の目で、じっと富士夫の瞳を見て、にこっとする。

「ありがとうございます」

やさしい、やさしすぎる。感激した。こんなにやさしくしてもらったのはいつ以来だろう。気づいたときは、涙が浮かんでいた。

「すみません」

涙を拭うと、

「いいんですよ」

仁美が胸のなかに抱き寄せてくれたので、白衣越しにぶわわんとした胸のふくらみを感じながら、

「俺の味方はあなたしかいません」

富士夫はぐりぐりと顔を擦りつけた。

さすがに、仁美はちょっと引いたようで、一瞬、避けたが、すぐにまた思い直してくれて、

「大丈夫ですよ。わたしはいつも寺脇さんの味方ですから」

後頭部と背中に手をまわして、子供をあやすようにポンポンしてくれる。

富士夫はこのまま押し倒したくなったが、それをしたら、完全に拒否されて、ジ・エンドになる。しばらく、胸の弾力を味わって、自分から顔を引いた。

「すみません。こんなことまで……」

「いいんですよ。体と心を十分に休ませてから、退院してください」

「はい……！」

勢いよく返事をする。

何だか、自分がドラマの登場人物になったような気がする。

「では……何かあったら、遠慮なくナースコールしてくださいね」

仁美は天使の微笑みを残して、病室を出ていった。


三日目の夜、今夜は仁美が深夜勤のローテーションで、夜中はナースステーションに詰めているという情報をつかんでいた。

じつは前日、仁美を引き止めて、自分は離婚してひとりであることを話し、その流れで仁美の身の上話を聞いた。

二十二歳で娘を産んで、それから、娘が十四歳になる現在まで、女手ひとつで育ててきたというところまで聞き出した。

娘が小さな頃は、昼間だけ看護師をしていた。それだけでは収入が少なく、ある程度、手を離せるようになってからは、保育所に子供を預け、大きな病院に勤め、ナースの不規則なローテーションをどうにかしてこなしたのだと言う。

『娘さんのお父さんは？』

思い切って、踏み込んでみた。

『結婚していなかったし、そのことで相手に迷惑をかけることがいやで、いっさい伝えていないので、認知もしてもらっていません』

そう仁美は打ち明けてくれた。

きっと、悲惨な状態の富士夫に、自分も大変な状態を乗り切ってきたことを伝えて、励ましたかったのだろう。

それを聞いて、富士夫はこれは可能性が高い、と感じた。

住んでいるところを訊いてみると、今はこの病院の近くのマンションに、娘と二人で暮らしているという。

その前はと訊ねると、『病院を変わるたびに、変わっていましたから、いろいろ……』と言葉を濁した。

これなら可能性はあると感じた。

たとえば、二十一歳のときに、南エリアの海岸近くの病院に勤めていたとしたら、会長を救助して看病することもできたはずだ。准看護師なら十七歳から、正看護師でも二十歳から働くことができる。

そして、会長の胤《たね》を宿した仁美は、当時社長で妻帯者であった熊島会長に迷惑をかけてはいけないと、ひとりで産んで、育てたのではないか。

看護師なのだから、命の大切さは身に沁みてわかっていたはずだ。それに、仁美のような慈悲深い人は、子供をおろすなど到底できなかったのでは——。

考えれば考えるほど、今回はビンゴなのではないか、と思えた。

仁美のような美人で、やさしい女性に看病されたら、誰だって惚れてしまうだろう。とくに、会長は心身ともに落ち込んでいたのだ。

もし『アカネ』が仁美のようなやさしい美女だったら、会長が八十歳になっても未練を残していることが、わかりすぎるほどにわかる。

富士夫もそう何日も無理を言って、入院していられない。今夜が勝負だった。

多少、無理を通しても、どうにかして、太腿の赤い蝶の有無を確かめたい。

病棟の患者が寝静まった頃、富士夫は枕元のナースコールの白いボタンを押した。すぐに、

「はい。どうなされました？」

仁美の声がインターフォンから流れた。

「ちょっと腰が痛くて、耐えられないんです」

「すぐに、うかがいます」

通話が途絶えた。

3

富士夫がベッドにうつ伏せに寝ていると、ナースシューズのきゅっ、きゅっという足音が近づいてきて、仁美が病室に入ってきた。

ベッドサイドの枕明かりに、白衣を着て、ナースキャップを頭の後ろのほうにちょこんと乗せた仁美の姿が浮かびあがる。

「寺脇さん、腰のどのあたりが痛みますか？」

心配そうに顔を覗《のぞ》き込んでくる。

「ああ、はい……腰の下のほうが……」

富士夫はドキドキして答える。実際、腰痛持ちなので、あながちウソではない。

「腰は急に痛みはじめましたか？」

「いえ、だんだんと……もともと腰痛持ちなんで……それが、寝ている間にだんだんだんひどくなってきて」

「失礼しますね」

仁美がベッドに片膝《かたひざ》を乗せて、

「このあたりですか？　このへん？」

指で背中を押す。

「ああ、そのへんです。あの……いつもマッサージすれば治るんです。すみません、ちょっと押してもらえれば」

「一応、湿布を持ってきたんですが、その前に腰をお揉《も》みしますね……失礼します」

仁美がナースシューズを脱いで、ベッドにあがった。

「またぎますよ」

富士夫は後ろを振り返った。

仁美が足をあげて、富士夫の太腿のあたりをまたいだ。その瞬間、ナース服の裾《すそ》がめくれて、真っ白なストッキングに包まれた太腿が、一瞬、かなり奥のほうまで見えた。素肌の太腿が見えたから、太腿の途中までの白いストッキングを履《は》いているのだろう。

富士夫はもともとチラリズムに弱いのだが、ナースの太腿は別格だった。

下腹部が反応する気配がある。

「痛くないですか？」

「ああ、はい……もっと強くてもいいくらいで……ぁああ、そうです。そんな感じで……気持ちいい。ほぐれていきます……ぁあああ……あっ、すみません。妙な声を出して」

「いいんですよ」

仁美はいっそう体重を親指に乗せて、背中の左右と腰骨のポイントを力強く指圧する。

疲れたのか、いったん腰をおろした。

すると、ぶわわんとした尻の弾力を太腿や膝の裏に感じて、分身がまたまた力を漲《みなぎ》らせてしまう。

これから挑むつもりだからいいのだが、それにしても元気すぎる。きっと、しばらく何もしないで寝てばかりいたから、エネルギーも性欲も有り余っているのだろう。

だったら、これを仁美に敢《あ》えて見せたい。自然現象であれば、仁美も引くことはないだろう。

「いかがですか？」

「だいぶ、ほぐれました」

「もう少し、揉んでおきましょうね」

仁美はぐっ、ぐっと親指に力を入れて、ツボを押してくる。

気持ち良すぎて、涎《よだれ》が垂れ、枕を濡らした。そして、富士夫のイチモツは若者のようにいきりたつ。

「あの……痛いです」

「あっ、ゴメンなさい」

「そうじゃなくて……すみません。ここが」

富士夫はくるりと体を回転させて、仰向《あおむ》けになる。

前合わせの病衣の下腹部を、イチモツが高々と持ちあげていた。それを見た仁美が、ハッと息を呑《の》む。

「すみません。指圧されているうちに、ぱんぱんになって……すみません。醜態をさらしてしまって……」

四十五歳のいい大人が童貞のような言い訳をする。

それを恥《は》ずかしがっていると見せるために、富士夫は股間のふくらみを手で隠した。

仁美はしばらく顔をそむけている。

「おさまりましたか？」

おずおずと訊いてくる。

「いえ。全然……」

「困りましたね」

まるで、ナースプレーをしているような会話である。これを傍から聞いていたら、失笑ものだろう。だが、本人たちは極めて真面目である。

とくに、仁美は困惑しながらも、どうしたらいいか迷っているようだった。

これが一般の患者なら、きっと、たしなめて立ち去るだろう。しかし、富士夫は職場でいじめられて、仁美だけが味方だと言ってある。富士夫を邪険《じゃけん》に扱って、傷つけることを恐れているのだ。

仁美はちらりと入口のほうを見て、人影がないことを確かめた。

「このこと、絶対に口外しないでくださいね」

富士夫が大きくうなずくと、仁美はサイドから病衣の合わせ目に右手を差し込み、いきりたっているものをおずおずと握ってきた。

「しばらく、していないので、上手くないと思いますよ」

不安そうな目を向ける。

「いいんです。俺は仁美さんにしていただけるだけで……」

仁美は覚悟を決めたのか、顔をそむけたまま、静かにしごきだす。

ベッドに腰をおろし、斜めになって肉棹《にくざお》を擦ってくれている。

依然として顔は反対を向いていて、そのいけないことをおずおずとしているという様子が、富士夫をかきたてる。

「楽になってください……出して、いいんですよ」

そう言って、仁美は徐々に力を込める。

はっ、はっ、はっと仁美の息が弾んで、ナースキャップからのぞく耳たぶが赤く染まってきた。

ぎゅっ、ぎゅっと大きく擦られると、快感がうねりあがってきて、同時に口でしてもらいたいという欲求がせりあがってきた。

富士夫は、逆のことを言う。

「あの……痛いです」

「えっ……？」

「指だけだと、擦れて痛いんです」

仁美は迷っているようだったが、いったんベッドを降りて、インターフォンでナースの詰め所に待機しているもうひとりの看護師に『治療をしているから、遅くなります。緊急事態が起きたら、連絡ください』と伝えて、インターフォンを切った。それから、ブルーのU字カーテンを閉めて、ベッドにあがった。

「絶対に人に言っては、ダメですよ」

富士夫に釘を刺し、足の間にしゃがむ。

病衣の前をひろげた途端に、褐色の肉棹がぶるんと飛び出してきた。

茜色《あかねいろ》にてかつく亀頭部がぐんと臍《へそ》に向かっているのを見て、仁美はまた顔をそむける。それから、もう一度、富士夫を見て、

「寺脇さんだから、するんですよ。これまでしたことはないんですから……これで、元気になってください。わたしからのプレゼントです」

ぎこちなく微笑む。

「あ、ありがとうございます」

富士夫が答えると、仁美が口許を引き締め、それから、意を決したかのように

唇をひろげて、屹立《きつりつ》にかぶせてくる。

「ぉあっ……！」

一瞬にして桃源郷に持っていかれた。

温かい。そして、濡れている。

富士夫は枕から顔を持ちあげて、一生に一度味わえるかどうかの光景を目に焼きつけた。

後ろでまとめられた髪に乗ったナースキャップがゆっくりと揺れている。

そして、すっきりした唇が０の字に開き、血管の浮かんだ肉柱にからみつきながら、すべり動いている。

スタンダードカラーの純白のナース服のたわわな胸のふくらみ、後ろに突き出された丸々としたヒップ……。

（エロすぎる……！）

分身が頭を振って、口腔《こうこう》を打つ。

「ぐふっ……」

仁美が噎《む》せて、肉棹を吐き出した。

フェラチオだけでは、仁美だってその気にならないだろう。思い切って、頼み込んだ。

「すみません……あの、こちらにお尻を向けてくれませんか？」

「えっ？　でも、寺脇さんの体が……」

「平気ですよ。シックスナインくらいなら」

「そうでしょうか？」

「俺、こうしないと、出ないんです。お願いします」

「あまり、時間がないんですよ」

「わかっています。きっと、すぐに出ちゃいますから」

仁美は射精させるためなら仕方ないと思ったのだろう。いったん立ちあがり、白衣のなかに手を入れて、白いパンティをおろし、足先から抜き取った。

それから、富士夫に体重をかけないように気をつけて、後ろ向きにまたがってくる。

「すみません。お尻をもう少し、こっちに」

仁美の腰が近づいてきた。

ナース服の裾をまくりあげると、ヒップがこぼれ出てきた。想像以上に豊かで、逆ハート形にふくらんでいる。その大理石の円柱みたいな太腿の途中から、透過性の強い白いストッキングが張りついていた。

「恥ずかしいわ……」

仁美が尻を手で隠す。

「きれいなお尻だ。すごく癒される。このお尻を見ているだけで、元気になれます」

富士夫は仁美の手を外し、狭間《はざま》の底で息づく花芯にしゃぶりついた。

ふっくらとした肉びらは向かって右側のほうが大きく、褶曲《しゆうきよく》しながら、ひろがっている。

狭間に舌を這わせると、女の花が開いて、内部の濃いピンクがあらわになる。

ぬめ光る粘膜を舌でなぞりあげていくと、

「ぁあああ……あうぅぅぅ」

仁美は声を洩らし、いけないとばかりに口を手でふさぐ。

舐めおろしていき、包皮をかぶった陰核をちろちろとくすぐると、

「んっ……んっ……ぁあ、そこはダメっ……」

仁美が腰を逃がした。

つかみ寄せて、またクリトリスを舐める。すると、仁美はこうすれば声が洩れ

なくなるとばかりに、肉棹にしゃぶりついてきた。

いったんクンニをやめて、台形にひろがった白いストッキングの間から、その様子を見る。

すごい光景だった。モンシロチョウに似たナースキャップが上下に揺れて、唇が肉棹にからみついているのが見える。

感激して、富士夫はまたクンニをはじめる。

今度は、膣口《ちつぐち》だ。

鮭紅色にぬめる窪《くぼ》みに舌を尖《とが》らせて、抜き差しする。酸味の効いた味覚が味蕾《みらい》を刺激して、それが富士夫の分身をますます元気にさせる。

「んんっ……んんんんっ……」

仁美の腰が揺れはじめた。

そして、いきりたちを激しく、情熱的にしゃぶってくる。

さっきまでとは違い、根元を握ってしごきながら、貪《むさぼ》るように屹立を舐め、先端を頬張り、小刻みに顔を打ち振って、時々、ジュルルと唾を啜りあげる。

これが、仁美の本来の姿なのかもしれない。

日頃は、仕事のできる、やさしいナースという仮面をかぶっているが、白衣の下では、三十六歳の熟《う》れた身体を疼《うず》かせているのだ。

葉山紗江子もナースにはエッチな人が多いと言っていたではないか。

仁美が言っていたように、あまり時間はない。ナースコールで、仁美が呼び出されたら、そこで終わる。内腿の赤い印の有無がわからないまま、また、次の機会を待つことになる。そろそろ、この捜索は終わらせたい。

その一心で、クンニをつづけていると、

「ぁああ、もうダメっ……」

仁美が顔をあげて、そそりたつものをぎゅっと握る。

多分、仁美はギンギンのものを受け入れたくなったのだろう。女性であれば、当然の思いだ。

「俺もう我慢できません。それを、仁美さんのなかに……入れたいです」

素直に気持ちを伝えた。

「でも、ここは病室で……。それに、寺脇さん、まだオペして間もないから、無理をすると……」

仁美が自分に言い聞かせるように言った。

「仁美さんが、上で動いてください。自分で腰を振らなければ……俺、思いが叶ったら、きっと、職場で戦う勇気が湧《わ》いてくると思います。頑張れます」

仁美がそうせざるを得ないという言い方をする。

狡いやり方だが、背に腹は替えられない。

ややあって、仁美がゆっくりと向きを変えて、向かい合う形でまたがってきた。絶対に腹部には体重をかけないようにと、気をつかっているのがわかる。

「痛かったら、言ってくださいね」

「はい……」

仁美は廊下のほうをうかがって、物音がしないのを確かめると、ナース服をまくりあげて、蹲踞《そんきょ》の姿勢になった。

濃い翳《かげ》りの底にいきりたちを導いて、慎重に沈み込んでくる。

とても窮屈なところに勃起が潜り込んでいって、

「あうぅ……！」

仁美は喘《あえ》ぎ、いけないとばかりに口を手でふさいだ。

それから、このほうが富士夫に負担がかからないと思ったのだろう、膝を開いて、そっくり返るように、両手を富士夫の膝に突いた。

「このくらいは、大丈夫？」

と、気をつかいながら、腰を静かに前後に振る。

すごい光景だった。

ナース服の裾がめくれあがり、太腿の途中まで白いストッキングに包まれた足は大きく開かれている。

任務を思い出して、内腿に目をやった。わずかに赤らんでいるようだが、はっきりしない。

その間にも、白衣の胸や、のけぞった頭のやや後ろのナースキャップも揺れている。

「ぁああ、くっ……くっ……」

仁美は必死に喘ぎ声を押し殺す。

長方形に手入れされた漆黒《しっこく》の翳りの底には、蜜まみれのイチモツが出入りするさまがはっきりと見えて、富士夫も自分から動きたくなる。

それをぐっとこらえた。

腹部にはまだ若干の違和感はあるが、動けないことはない。

しかし、それをしたら、仁美が心配になって、高まっていけないだろう。ただでさえ、病室でセックスするという後ろめたさや、発見されたらという不安はあるだろうから、なおさらだ。

「ぁあぁ、ああああ……」

仁美はのけぞりながら、陶酔《とうすい》するような声を長く伸ばしている。感じてくれている。ここが病室であるという不安感を忘れるほどに、性感を昂《たかぶ》らせているのだ。

少しずつ腰振りが激しくなってベッドが、ぎしっ、ぎしっと軋《きし》んだ。

「いやだ。音がしてる」

我に返ったのか、仁美が動きを止めて、上体を起こした。

「大丈夫ですよ。外には聞こえません」

そう言って、富士夫は手を前に伸ばし、ナース服のセンターを走るファスナーに手をかけた。

「ダメっ……」

「見たいんです。お願いします」

富士夫がファスナーをさげると、ナース服が割れて、白いブラジャーに包まれた乳房がこぼれた。

「できれば、ブラも……」

仁美が首を左右に振った。

「お願いします!」

懇願すると、仁美はナース服を腰までさげ、背中に手をまわしてホックを外し、ブラジャーを抜き取った。

こぼれでてきた乳房が枕明かりに照らされて、仄白《ほのじろ》く浮かびあがっている。

Dカップくらいだろうか、直線的な上の斜面を下側の充実したふくらみが押しあげた形のいい乳房で、ツンとした先端は薄赤く尖っている。

「オッパイを吸わせてください」

哀願した。仁美は迷っていたが、やがて、慎重に前に屈んだ。

富士夫を気づかって、両手をベッドに突き、そっと胸を預けてくる。

大きくて、柔らかそうな乳房が近づいてきた。

自分が少年になったようだった。

貪りついて、ふくらみを揉んだ。チューッと吸い込むと、

「ぁああ、くっ……くっ……」

仁美がのけぞって、低い声をあげた。

赤ん坊がオッパイを吸うように、ふくらみをモミモミしながら乳首を吸い、甘

噛みする。

　だが、富士夫は子供ではなく、四十五歳の大人である。

　それだけでは物足りなくなって、舌で上下左右に乳首を弾《はじ》き、ねろり、ねろりとからませる。乳首がそれとわかるほどに硬くなり、しこり勃《た》ってきて、

「んっ……んっ……ぁあああああ、いや、いや……」

　口ではそう言うものの、仁美の腰が揺れはじめる。

　乳首を愛玩《あいがん》されながらも、腰が勝手に動いてしまうという様子で、白衣に包まれた腰を前後に振って、濡れ溝を擦りつけてくる。

　分身を揉みくちゃにされて、富士夫は快感に酔いながらも、乳首を舐めたり、吸ったりする。

「もう、もう、ダメっ……」

　仁美は胸を浮かして、舌から逃れた。

　逃さじとばかりに、富士夫は両手で乳房を揉みしだき、乳首を指で転がす。

「もう、ダメっ……いけません。これ以上はダメっ……」

　ぎゅっと目を瞑《つぶ》って、仁美は今にも泣きださんばかりの顔で言う。

　だが、言葉とは裏腹に腰は動きつづける。

上体を斜めにして、両手をベッドに突き、全身を使って腰を前後に揺すり、擦りつけてくる。

「ぁああ、あああぁ……」

低い喘ぎ声を洩らして、顔をのけぞらせる。

それから、もっと強い刺激が欲しいとでも言うように、腰を縦に振りはじめた。振りあげた腰を落とし込み、

「あんっ……」

と、声をあげる。

「痛くなかった？」

心配して、訊いてくる。

「全然、大丈夫です」

答えると、仁美は安心したのか、また腰を縦につかいはじめる。腰を持ちあげて、そこから沈め、奥まで呑み込んだ状態で、ぐいぐいと前後左右に振って、勃起を膣に擦りつける。

もう、止まらなくなっている感じだ。

やはり、紗江子の言うとおりだった。仁美はセックスに貪欲《どんよく》だった。

我慢できなくなって、富士夫も腰を突きあげる。

仁美が腰を落とした瞬間に、ぐんとせりあげると、切っ先が奥に当たって、

「ぁあああ……！」

仁美は大きな声をあげて、いけないとばかりに手で口をふさいだ。それから、

「ダメっ。動いてはダメっ……腰をつかわないで」

一転してナースの目で制してくる。

「大丈夫ですよ。痛くないから」

「いけません。約束して」

富士夫は渋々承諾する。

仁美は上体をほぼ垂直に立てて、富士夫の上でスクワットをするように腰を上げ下げし、

「んっ……んっ……んっ……」

出そうになった声を押し殺した。さらに、

「寺脇さん、出していいのよ。楽になりたいんでしょ、出していいのよ」

富士夫を見て言い、また腰を上下動させる。

上下動に前後の動きを加えて、富士夫のいきりたちが攻められる。

（すごい！　日頃の仁美さんとは全然違う！）

たわわな乳房をゆさゆさ揺らし、白いストッキングに包まれた足を開いて、下腹部の翳りの底に男の肉柱を導き入れている。

残念ながら、太腿の内側は、はっきりとは見えない。

そのエッチすぎる光景を見ているうちに、富士夫にも射精前に感じる甘い陶酔感がふくらんでくる。

出そうだ。しかし、仁美をイカせる前に、射精してはいけない。

奥歯を食いしばってこらえていると、仁美の様子が変わった。

開いている足を閉じて、「あっ、あっ」と細かく震え、ナースキャップをがくん、がくんと揺らした。

「あっ……ダメっ……イキそう」

小声で言って、ふくれあがった性感をもっと育てようとばかりに、腰を引き、前に放り出す。

腰の振幅が大きくなり、屹立を深いところに擦りつける。

「あっ……あっ……いや、来るぅ……あはっ！」

ぐっと上体をのけぞらせて、顎を突きあげた。

それから、どっと前に倒れ込んできた。富士夫を護らなくてはいけないという気持ちがあるのか、斜め横に倒れ、はあはあと荒い息をこぼしている。

富士夫は突然の絶頂に驚きながらも、体を起こして、仁美の閉じている足を持ちあげて、覗き込む。

右の太腿には何もないが、左足の白いストッキングの上側の内腿に、ピンク色のぼやっとした赤みがさしている。

（んっ、これは？）

目を凝《こ》らした。全体にあやふやだが、蝶が翅《はね》をひろげているようにも見える。

富士夫の行為に気づいたのか、仁美が足をよじり合わせた。

「すみません、これで……」

ベッドを降りようとするので、富士夫はそれを引き止めて、強引に足をすくいあげた。

「ちょっと、もう……」

「あと少しだけ……まだ出していないんです。お願いします」

「あまり遅くなると、詰め所の神崎《かんざき》さんが来ます」

「確かめたいことがあるんです」

仁美が怪訝《けげん》な顔をする。その隙に、白いストッキングの張りついた足を開かせて、いきりたちを強引にねじ込んだ。

「ぁああ、くっ……!」

仁美が低く呻く。

膝裏をつかんで、慎重に屹立を抜き差しさせる。

「ダ、ダメ……手術痕が……動かないで」

仁美が眉根を寄せて、訴えてくる。

「まったく問題ないです。おかしくなったら、やめます。あなたが好きなんです。お願いします。今回だけでいいんです」

富士夫はそう哀願して、また腰をつかう。

違和感はない。たとえ手術痕が破れたとしても、かまわない。それより、もう一度仁美をイカせて、『アカネ』その人であることの確証を得たい。

浅瀬を擦りあげていく。

仁美は心配そうに、富士夫を見守っていたが、やがて、これなら大丈夫と思ったのだろうか、目を閉じて、顎をせりあげ、

「えっ……?」

「んっ、んっ、んっ……」

くぐもった声を洩らした。ぐいと深く突くと、

「ぁあああっ……！」

喘ぎを噴きこぼし、いけないとばかりに手のひらを口に当てる。

Ｇスポットもポルチオも、感じるようだ。おそらく、多くの女性が両者の複合により、オルガスムスに昇りつめるのだ。

最後は深く突かれることを好む女性が多いから、多分、Ｇスポットで性感を昂ぶらせ、その仕上げにポルチオをぐりぐりするのが、もっともスタンダードなイカせ方なのだろう。

（頼む、もう一度、イッてくれ！）

富士夫は必死に腰をつかった。

持ちあがって開いた白いストッキングに包まれた足首がぐっと曲がり、親指が人差し指を離れて、反りかえった。

枕明かりに、白く浮かびあがった乳房が上下に撥《は》ねて、仁美は片方の手で必死に口をふさいで声を押し殺しながら、もう一方の手でシーツを鷲《わし》づかみにしている。のけぞった頭で、ナースキャップが押しつぶされている。

ぎしっ、ぎしっとベッドが軋んでいるが、このくらいの低い音なら外に洩れることはないはずだ。

「ダメ、ダメ、ダメっ……」

仁美が激しく顔を振った。

「イッていいですよ。イッてください」

「ぁあぁ、秘密にしてくださいね。絶対に……」

「わかっています。絶対に言いません！」

少しピッチをあげると、仁美がいよいよ逼迫《ひっぱく》してきたのがわかる。

「ぁあああ、ああああ……来る、来そう……！」

「いいですよ。いいですよ」

富士夫が大きなストロークで差し込んでいくと、仁美が後ろ手に枕をつかんで、のけぞり返った。

気を遣《や》っているのだ。

富士夫は駄目押しとばかりに、ポルチオに届かせて、動きを止めた。

「あっ……あっ……あっ……」

仁美は昇りつめて、のけぞりながら、腰を二度、三度と撥ねている。

膣の痙攣《けいれん》を感じるから、ほんとうにイッているのだ。

(よし、今だ！)

富士夫は結合を外し、仁美の足を持ちあげて、覗き込んだ。

(ああ、これは……！)

全体がピンクに染まった左の内腿で、五センチほどの赤い蝶が展翅《てんし》されたように翅をひろげていた。

現実には赤い色の蝶もいる。しかし、それが白い太腿を背景にした、鮮やかな紅色をしているせいか、まるで幻の蝶が飛んでいるようだった。

「いた！　やっぱり、いた！」

富士夫は思わず歓喜の声をあげて、赤い蝶と仁美を交互に見た。

と、仁美はハッとしたように足をよじり合わせて、内腿を隠した。

オルガスムスを迎えたときに、太腿に赤い印が浮き出ることを明らかに自覚しているのだ。

(やったぞ。ついにアカネを見つけた……！)

確かめたくて、訊いた。

「アカネさんですね？」

仁美はそれには答えずに、静かに上体を起こし、真意をさぐるようにじっと富士夫を見た。

4

二週間後、富士夫は熊島会長の命を受けて、吉岡仁美とその娘のひかりを、東京に呼んだ。

ベッドでの交わりのあと、仁美に事情をすべて話した。

仁美は警戒していたが、会長が死ぬ前に一度でいいから、アカネさんに逢いたがっているということを告げると、仁美は自分がアカネであることを明かした。

十五年前、仁美はナースになったばかりで、佐渡の南地区にある赤泊の小さな医院に勤めていた。

当時、すでに両親からは自立して、医院の近くに一軒家を借りていたのだと言う。夕方、その家の近くの砂浜を散歩していたときに、溺れている男性を発見し、どうにかして救出し、家に連れ帰った。

それが熊島総一郎で、彼が東京の建設会社の社長をしていることは、彼が回復して家を出る直前に知ったのだという。

病院に連れていこうとしたが、総一郎はそれを頑《かたく》なに拒み、仁美も患者を家にひとりにしておくことはできずに、最初の何日かは医院を休んで、家で看病した。

総一郎は順調な回復を見せ、彼が東京に帰る前に、身体を求められた。別れがつらく、寂しかった。それに、看病するうちに総一郎に好意を抱いていたこともあり、彼の求愛を受け入れた。

その時、仁美はこれまで味わったことのない激しいオルガスムスを体験した。そもそも、セックスで絶頂に昇りつめたのは、そのときが初めてだったと言う。気を遣ったあとに、総一郎に、内腿に蝶の形の赤い模様が出ることを指摘された。二人は燃えて三度も身体を合わせたのだが、昇りつめたときにだけ、赤い蝶が飛んだのだと言う。

総一郎が去ってしばらくして、妊娠が判明した。間違いなく彼の子だった。彼が熊島建設の社長であることはわかっていた。

連絡を入れようかと思ったが、総一郎には妻がいるし、当時会社が経営の危機に瀕《ひん》していたことも知っていた。

仁美はせっかく授かった大切な命を育みたかった。おろしなさいと言われるのが怖かったこともあり、結局は連絡しなかった。

お腹が目立つようになるまで働き、病院で出産し、その後も様々な苦労はあったが、どうにかしてナースをしながら、娘のひかりをここまで育ててきた。

それでも、総一郎がまったく娘の存在を知らないのは不憫《ふびん》だと思って、時々、アカネという偽名で、娘の成長過程を報告していた。

ちなみに、アカネという偽名はそのとき、ちょうど窓から見える夕焼けが美しく、茜色に染まった空を見て、とっさに「アカネ」にしたのだという。

自分を特定されるのを避けるために、ひかりという娘の名前はいっさい出していないし、総一郎の子であることも書いていないのだという――。

富士夫はその物語にいたく感動し、尊敬の念で仁美を見た。

それから、会長が母子に財産分与を考えていることを話した。

だが、仁美はそれを固く辞退した。

心遣いはありがたいのだが、ここまでひとりで育ててきたのだから、援助をいただく気持ちはなく、財産もいらないという。

富士夫は、だったら、せめて逢うだけでも、と食いさがった。

しばらくして、『逢うだけなら』と仁美は言った。

最後にもう一度だけ会長に逢いたい。そのときに、娘のひかりを会長に見せたい。だが、会長が実父であることは、娘には絶対に明かさないでほしいという。

富士夫は翌日、その旨を葉山紗江子に報告した。

折り返しで、紗江子から、その条件で会長が母子に逢いたがっているという連絡を受けた。

富士夫は日程を調節し、東京に戻った。

じつはその前夜に、長谷川藍子に交際を申し込んだが、

『ゴメンなさい。ゴメンなさい。お気持ちはありがたいんですが、東京の方との交際は無理だと思います。ゴメンなさい』

と、やんわりと断られていた。

富士夫は、落ち込みそうになる気持ちを奮いたたせて、特命をまっとうした。

そして一週間後、いよいよ二人の再会のときがやってきた。

東京駅で、仁美とひかりを出迎えた富士夫は、二人をタクシーで熊島建設に連れていった。

ひかりは、つやつやのボブヘアの似合う、愛らしい顔をした素直そうな美少女で、会長も対面したら、きっと涙を流して喜ぶだろうと思った。

会社で、紗江子は二人を見て、にっこりし、

「会長がお待ちです」

と、二人を会長室に入れて、自分は出てきた。

十五年ぶりの男女の再会と、実の娘との顔合わせに、自分は必要ないと感じたのだろう。

秘書室で佇《たたず》んでいた富士夫を、デスク前の椅子に座らせると、紗江子は横向きになって、富士夫の膝の上にヒップをおろし、足を組んだ。

タイトスカートのスリットからのぞく、むっちりとした太腿と美脚に見とれていると、紗江子が言った。

「特別人事として、あなた、来週から営業部に配属になるみたいよ。おめでとう、よかったわね」

「はい……紗江子さんのお蔭です。見舞いに来られたとき、いいアドバイスをいただいて、そのお蔭です」

「ほんとうに、そう思ってる？」

「もちろん」

会話を交わす間も、尻の弾力を股間に感じ、スーツを持ちあげたブラウスのふ

くらみが押しつけられているので、イチモツがむくむくと頭を擡げてしまう。

「だったら、最後にもうひとつだけ、頼みを聞いてほしいんだけど……」

紗江子が口角《こうかく》をきゅっと吊《つ》りあげた。

「何でしょうか？」

「じつは、会長は財産分与のことはいずれどうにかしたいとおっしゃっているんだけど、その前に、仁美さんと二人だけの時間を持ちたいらしいの。ホテルのスイートルームを取ってあるのよ。言ってることはわかるよね？　それでね……」

紗江子が取って置きのスマイルを浮かべた。いやな予感がする。

「その間、ひかりちゃんを預かっていただけないかしら？」

「ええっ、無理ですよ。そんな……彼女は十四歳ですよ。どうやって時間を潰したらいいんですか？」

「そう言うと思って、ほら、これ」

紗江子が二枚のチケットをひらひらさせた。

「ディズニーランドのフリーパス券。ひかりちゃん、ディズニーが大好きなのに、まだ行ったことがないみたいなの。じつは、ひかりちゃんには了承を取ってあるのよ。一応、保護者として、あなたが付き添うけど、それでも行きたいかって訊いたら、ぜひ行きたいって……仁美さんの承諾も取ってあるの。これから、タクシーでディズニーランドに行って、終園まで愉《たの》しんできて」

「いや、しかし……俺なんかでいいんですか。女子社員とか、他に適任者がいるでしょ？」

「バカね。これは極秘事項なのよ。これを知っているのは、会長とわたしとあなただけ。それ以上、絶対に知られたくないの」

「まあ、それは……」

「その代わり、帰ったら、ご褒美《ほうび》をあげるから」

紗江子は微笑んで、尻の位置をずらし、すでにテントを張っている股間をマニキュアの光る指で撫でてきた。

「ほら、もうこんなに……」

そそりたつものをズボン越しに握って、しごきながら、富士夫を見た。

「無事にひかりちゃんを送り届けたら、連絡をちょうだい。いいわね？」

「ああ、はい……」

富士夫は思わずそう答えていた。

紗江子には敵わない。自分は結局、彼女の言いなりに動いてしまう。

「それで、いいのよ」

紗江子は額《ひたい》にちゅっとキスをして、富士夫を立たせ、自分は椅子に座り、ゆっくりと見せつけるように美脚を組んだ。

※この作品は双葉文庫のために書き下ろされたもので、完全なフィクションです。

双葉文庫

き-17-59

蜜命係長《みつめいかかりちょう》と島《しま》のオンナたち

2021年4月18日　第1刷発行

【著者】
霧原一輝《きりはらかずき》

【発行者】
箕浦克史
【発行所】
株式会社双葉社
〒162-8540 東京都新宿区東五軒町3番28号
［電話］03-5261-4818(営業)　03-5261-4833(編集)
www.futabasha.co.jp(双葉社の書籍・コミックが買えます)
【印刷所】
中央精版印刷株式会社
【製本所】
中央精版印刷株式会社

【フォーマット・デザイン】
日下潤一

ISBN978-4-575-52464-2 C0193
Printed in Japan

霧原一輝　アイランド熱帯夜
書き下ろし長編　離島エロス
五十半ばの涼介は沖縄の離島で、三人の美女といい仲に。自由な性を謳歌できない狭い島で、旅行者は恰好のセックス相手なのだ――。

霧原一輝　夜も添乗員
オリジナル長編　旅情エロス
新米ツアコンの大熊悠平は、東尋坊の断崖で助けようとした女性と懇ろになったことを契機に準童貞からモテ男に。ついに憧れの先輩とも⁉

霧原一輝　いい女ご奉仕旅
書き下ろし長編　献身エロス
旅先で毎回美女と懇ろになる恐るべき中年、倫太郎。南のマドンナ女教師から北国の旅館若女将まで、相談に乗って体にも乗っちゃいます！

霧原一輝　美女刺客と窓ぎわ課長
書き下ろし長編　春のチン事エロス
田村課長52歳はリストラに応じる条件として「俺をイカせること」と人事部の美女たちに言い放つ。セックス刺客をS級遅漏で迎え撃つ！

霧原一輝　居酒屋の女神
書き下ろし長編　SEXレースエロス
おじさん5人は、すっかりゴブサタな現状を憂い、皆で「セックス積み立て」を始めた。いち早くセックスできた者の総取りなのだ！

霧原一輝　女体、洗います
オリジナル長編　浴場エロス
スーパー銭湯で今も活躍する伝説の洗い師に弟子入りした23歳の洋平は洗っていたヤクザの妻とヤッてしまい、親方と温泉場逃亡の旅へ。

霧原一輝　マドンナさがし温泉旅
書き下ろし長編　ポカポカエロス
松山、出雲、草津、伊香保、婚活旅をする男ヤモメの倫太郎、54歳。聞き上手だから各地で「身の下」相談に。GO TO湯けむり美女！

睦月影郎　淫と妖の伝説

オリジナル長編
フェチック・エロス

タウン誌のミステリーページの制作を手伝うことになった浪人生の竜崎文夫は江ノ島のある伝説を調べるうちに、目眩く体験を重ねていく。

睦月影郎　みだれ浪漫《ろまん》

Say-Ai　Collection

古い洋館の地下室を抜け出ると、そこにはレトロな光景が広がっていた。時空を超え、さまよい込んだ世界で、青年は淫欲の日々を過ごす。

睦月影郎　女臭《じょしゅう》の弄獄《ろうごく》

書き下ろし長編
フェチック・エロス

高校の先輩の百合枝に誘われ、短大の剣道部が合宿中の「三照堂」を訪れた十八歳の明彦は、山奥の女ばかりの園で、欲望の限りを尽くす。

睦月影郎　見つめて　イカせて

書き下ろし長編
フェチック・エロス

冴えない会社員の諸星八郎は、骨董屋で古びた怪しいメガネを入手。メガネの持つ不思議な力の影響を受けた彼に、極上の日々が訪れる。

睦月影郎　艶《つや》めき秘蜜基地

Say-Ai　Collection

地球の危機を救うため力を貸してほしい——。モテない浪人生が協力を求められたのは、江ノ島の秘密基地での夢のようなミッションで!?

睦月影郎　美女じゃらし

オリジナル長編
フェチック・エロス

子猫を助けたことをきっかけに不思議な猫パワーに目覚めた五十五歳の朝田達夫は、これまでが嘘のように女性運がみるみる上昇していく。

睦月影郎　ときめき淫楽園《ランド》

書き下ろし長編
フェチック・エロス

母の死を報告すべく初めて実父の山林王の元を訪れた小林修吾は、テーマパークの管理責任者を任され、淫楽の絶頂マシンと化していく。

睦月影郎　秘めごと幽戯《ゆうぎ》　書き下ろし長編　フェチック・エロス

事故を機に幽体離脱ができるようになった棚戸澄夫。思わぬ特技を身につけた彼は、能力を駆使して、思いのままに快楽を貪っていく。

睦月影郎　女だらけの蜜室《みっしつ》　書き下ろし長編　フェチック・エロス

女性ばかりの大学のサークルの合宿に参加するも雪のため宿泊先に閉じ込められてしまった桃山春彦は美女たちと快楽の時を過ごすのだが。

睦月影郎　羞《は》じらい巫女《みこ》　長編　フェチック・エロス

赴任した町の神社の巫女、美穂に心を奪われた高校教師の伊原文男。だが彼女は年末のお祭までは処女のままでいなければならないようで。

睦月影郎　美人妻の秘蜜　書き下ろし長編　フェチック・エロス

いにしえから伝わる不思議な杯の力を手に入れた倉見保夫は熟れた肉体を持て余す人妻や女子大生を相手に淫らな日々を過ごすことになる。

睦月影郎　萌え肌　フェロモン　書き下ろし長編　フェチック・エロス

中学時代は苛めに遭い、卒業間近も未だ就職も決まらぬ冴えない大学生の薄井雪彦は、中学時代の担任の女教師から、ある力を授けられる。

睦月影郎　淫源郷《いんげんきょう》の夜　書き下ろし長編　フェチック・エロス

サークルの後輩の美少女から相談を受け、彼女の実家を訪れることになった一彦。そこで彼は美少女と母親の妖しい秘密を知ることになる。

睦月影郎　キャンパスの　聖女　書き下ろし長編　フェチック・エロス

三十五歳にしていまだ童貞の平川平太。冴えない大学講師の彼だが、一人の女学生とのセックスを機に、人の心が読めるようになり……。